토리는 오늘도 놀고 싶어

토리는 오늘도 놀고 싶어

닥터하랑 지음

에너자이저 고양이와
집돌이 집사가 함께 사는 법

싱긋

토리의 냥생세컷

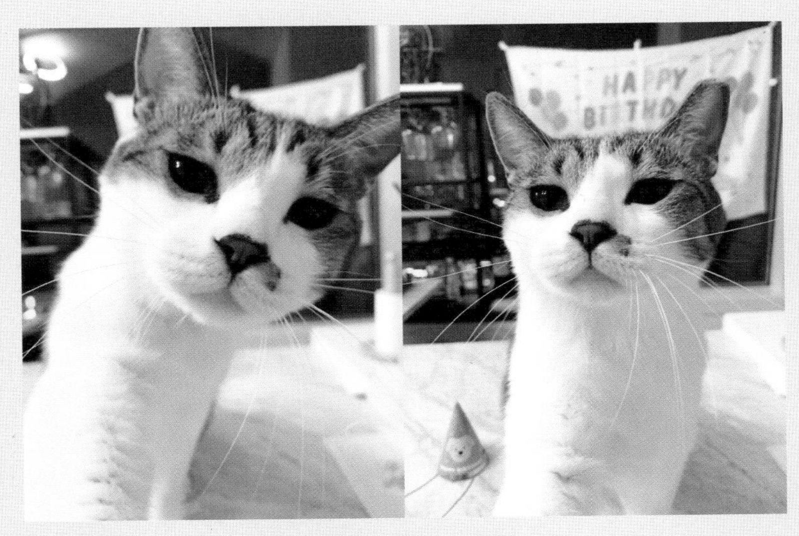

자, 자, 카메라 테스트!

안녕! 다들 반갑다냥. 내 이름은 한토리

올해로 네 살이고, 날 닮아서 엉뚱한 4차원 집사랑 살고 있지

내 별명은 에너자이저. 에너지가 마구마구 넘쳐흐르거든

하지만 나도 얌전할 땐 이렇게 얌전하다구~

집사가 이런 요상한 걸 씌워도 잘 참아주지

근데 나름 잘 어울리는 거 같지 않냥?

나는 장난치는 걸 좋아해

지루하고 따분한 건 딱 질색이야

얼굴부터 성격까지 닮은 구석이 많은 집사랑은 참 잘 맞아

소울메이트 같은 집사랑 하루하루 즐겁게 살고 있지만

사실 우리가 만나기까지 조금 특별한 사연이 있어

운명처럼 만난 우리의 이야기,
지금부터 한번 들어볼래?(찡긋)

차례

2장 토리라는 마법에 빠졌다

3장 토리와 함께라 특별한 나날

프롤로그

기묘한 인연

토리를 처음 만난 건 9월 중순의 어느 밤이었다. 추석 연휴를 맞아 친구들과 집에서 가볍게 저녁을 먹고 산책을 나와 아파트 단지를 걷고 있는데 보도 위에서 장난을 치고 있는 고양이 두 마리를 발견했다. 치즈태비 고양이와 등에 고등어처럼 또렷한 무늬를 가진 고등어태비 고양이. 이 동네에서 오래 살았지만 그동안 마주친 적 없는, 처음 보는 고양이들이었다.

당시 나는 고양이에게 별 관심이 없었고, 특히 길고양이에게는 선입견을 가지고 있었기에 그다지 좋은 시선으로 바라보지 못했다. 그런데 새끼 고양이도 아닌 성묘가 사람이 다가가는데도 도망가지 않고 오히려 바닥에서 데굴데굴 구르며 애교를 부렸다. 그 모습이 신기하고 귀여워서 가만히 지켜보다 가볍게 쓰다듬어준 뒤 인사를 남기고 자리를 뜨려 했다. 몇 걸음 지나쳐서 아쉬운 마음에 뒤를 돌아보니 고등어냥이가 우리의 뒷모습을 빤히 쳐다보고 있었다. 그 눈빛에 나도 모르게 "나비야" 부르며 가볍게 손짓하자 고등어냥이는 기다렸다는 듯 쫄래쫄래 달려왔다. 내 다리에 머리를 부딪치고 몸을 착 붙이고는 떨어질 기미를 보이지 않았다. 신기한 건 당시 내 옆에는 다른 두 친구도 있었는데 이상하게 나에게만 찰싹 달라붙는 것이었다. 평소에 고양이를 좋아하던 친구가 신기해하며 말했다.

"완전 개냥이네. 근데 왜 너만 따라다녀?"

종종 길고양이에게 간택받는다는 말을 들어본 적은 있었지만, 나에게 이런 상황이 벌어질 거라고는 한 번도 생각해본 적이 없어서 그저 당황스러우면서도 신기했다. 혹시나 하는 마음에 몇 걸음 떨어져서 손짓하면 쫓아오고 다시 앞질러 가서 손짓하면 쫓아오기를 반복, 그렇게 처음 본 고양이는 함께 있던 치즈냥이를 두고 우리집까지 따라 들어오게 되었다. 고양이는 집 안으로 들어와 거침없이 방 이곳저곳을 둘러보고는 거실 테이

블 밑에 떡하니 자리를 잡고 앉았다. 혹시 배가 고픈 건 아닐까 싶어 참치캔 하나를 따서 물그릇과 함께 놔주었는데 목만 조금 축일 뿐 음식에는 별 관심을 보이지 않았다.

이런 경험은 처음이라 어떻게 해야 할지 고민하다가, 고양이를 키우는 친구에게 전화를 걸어 상황을 설명하고 고양이를 입양할 때 들어가는 초기 비용과 필요한 물품이 무엇인지 조언을 구했다. 당시 나의 상황을 누구보다 잘 알고 있던 친구는 지금 당장은 어떻게든 초기 비용을 마련해서 입양한다고 해도 이후 고양이가 아프기라도 하면 훨씬 더 많은 비용이 들 수도 있고, 앞으로 더 큰 책임을 지고 살아야 할 텐데 정말 감당할 수 있겠느냐고 내게 되물었다. 친구는 길고양이를 함부로 입양했다가 제대로 책임지지 못해 생긴 문제들을 가까이서 봐왔던 터라 한 생명을 입양하고 책임지는 문제를 가볍게 여기면 안 된다고 충고해준 것이었다. 친구의 말을 듣고 나는 머리를 한 대 쥐어 맞은 것처럼 정신이 번뜩 들었다. 나를 잘 따르는 고양이가 귀엽고 이런 인연이 신기하기도 해서 입양을 해야 하나 단순하게 생각했는데, 한 생명을 책임지고 키운다는 것은 결코 가벼운 문제가 아니었다.

입양을 신중하게 다시 생각해봤다. 당시 나는 말 그대로 '내 코가 석 자'였다. 오래전부터 준비해온 웹툰 작업에 매진하기 위해 아르바이트까지 그만두고 열심히 준비했는데, 가장 중요한 시기에 그림작가님이 연락 없이 잠적해버렸다. 그 바람에 그동안의 노력과 시간이 허무하게 날아갔다. 모아둔 돈도 거의 바닥이 나 생계유지가 어려웠다. 그전부터 작업이 수없이 엎어진 경험 때문에 마음은 이미 지칠 대로 지쳐 있었고, 더이상 그 어느 것에도 남은 열정이 없는 채로 삶의 방향을 잃고 무기력하게 살아가고 있었다. 그렇기에 이 고양이를 무슨 일이 생기든 끝까지 책임지고 키울 수 있겠느냐는 질문에 자신 있게 그렇다고 답할 수 없었다. 결국 나는 너무 안타깝고 미안하지만, 고양이가 사람 손을 더 타기 전에 다시 밖으로 돌려보내기로 했다.

고양이를 데리고 다시 집 밖으로 나왔다. 그런데 고양이가 바닥에 뒹굴기도 하고 내 바짓가랑이를 잡기도 하면서 내 주변을 맴돌며 떨어질 생각을 하지 않았다. 그 모습이 안쓰럽고 마침 비가 쏟아지기도 해서 잠시 쉬었다 가라고 박스에 담요를 깔아 집 앞에 놔주었다. 박스 안을 톡톡 두드리자 내 마음을 읽기라도 한 건지 고양이는 곧장 안으로 들어가 담요 위에 몸을 웅크리고 눕더니 금방 잠에 빠져들었다.

친구와 함께 집으로 들어온 나는 자꾸만 눈앞에 아른거리는 고양이의 눈빛을 떠올리며 미안하고 아쉬운 마음을 감춰야 했다. 어쩔 도리가 없다는 걸 알면서도 괜히 친구들에게 "만약 내일 또 마주치면 그건 진짜 운명 아니야?" 하며 농담처럼 말하기도 했다. 그리고 다음 날, 날이 밝자마자 문을 열고 혹시나 하는 마음으로 박스 안을 확인해봤는데 고양이는 어디론가 사라지고 없었다. 먹이를 찾으러 갔거나 자기 영역으로 돌아간 듯했다. 겉으로 표현은 못 했지만 이렇게 연을 놓치게 되니 속상했다. 그저 어딘가에서 건강하게 잘 살기를 바라면서 마음을 접고 돌아섰다. 고양이와의 인연은 그렇게 끝이 나는 것 같았다.

그런데 그날 오후, 신기한 일이 일어났다. 떠난 줄 알았던 고양이와 다시 만나게 된 것이다. 친구들과 자전거를 타고 산책을 다녀오는 길, 내가 자주 다니는 아파트 단지 앞 보도 위에 어제 만난 고양이가 엎드려 있었다. 길고양이가 사람이 계속 지나다니는 보도 위 한복판에 그렇게 떡하니 자리를 잡고 있는 게 신기했다. 그 모습이 마치 나를 기다린 것만 같아서 반갑고 기특한 마음에 끌고 오던 자전거도 버려두고 한걸음에 달려갔다. 고양이는 내가 다가가자 곧장 내 앞으로 다가왔다. 그 순간 어젯밤 친구들에게 했던 농담이 떠올랐다. 이 정도면 이 고양이와 운명 아닌가? 나는 그런 생각을 하며 내 주변을 맴도는 고양이를 가만히 바라봤다.

그렇다 해도 어제와 달라진 것은 없었다. 고양이를 키울 여건이 되지 않는 건 어제나 오늘이나 마찬가지였다. 그 당시 나는 고양이 관련 지식이 하나도 없을 정도로 무지했고 내 앞가림을 하기에도 벅찼다. 나는 어찌할 바를 모른 채, 내 주변을 맴도는 고양이를 친구들과 함께 안쓰러운 눈빛으로 지켜봤다. 그때 마침 우리 옆을 지나던 한 아주머니께서 이 광경을 보고 말을 걸어오셨다. 아주머니는 나를 졸졸 따라다니는 고양이를 보고 내 고양이냐고 물으셨고, 나는 어제 처음 본 고양이인데 어젯밤부터 계속 나를 따라왔다고 답했다. 그러자 간택이라며 활짝 웃으셨다. 혹시 고양이를 키울 마음이 있느냐고 묻는 아주머니께 나의 상황을 설명했다. 아주머니는 중성화 수술을 시켜주면 키워볼 수 있겠느냐고 제안하시면서 선뜻 필요한 사료와 간식까지 챙겨주겠다고 말씀하셨다.

그 선심이 불씨가 된 것일까. 아주머니의 배려에 나도 용기가 생겼다. 고양이를 키우면서 생길 일들과 책임져야 할 문제들은 사실 내 마음가짐에 달려 있었다. 삶에 열정과 의욕을 잃고 무기력해진 나에게 이 책임감이 어쩌면 새로운 기회일지도 모른다는 생각이 들었다. 그래서 나는 결심했다.

"살아보자."

이 작은 생명을 책임져야 한다는 그 무게감으로라도 일단 열심히 살아보자고, 다시 처음부터 시작하는 마음으로 힘을 내보자고 다짐했다. 그렇게 우리는 동거를 시작하게 되었다.

밖으로 돌려보내려 하는데 복도에서 뒹굴거리며 내 주변을 계속 맴돌던 토리

이래도 안 키워?

1장

우다다 뛰어도 귀여운 나는야 한토리

님아, 그 버튼을 누르지 마오

토리를 아는 사람이라면 버튼을 누르는 토리의 모습을 자연스레 함께 떠올릴 것이다. 유튜브로 토리를 처음 보게 된 사람들도 아마 토리가 버튼을 누르는 영상으로 접하게 되었을 텐데 그 시작은 이랬다.

어느 날 유튜브 영상을 보다가 어떤 강아지가 짧은 단어로 구성된 버튼을 이용해 보호자와 간단한 의사소통을 하는 장면을 보게 됐다. 그 모습이 신기해서 혹시 토리도 훈련하면 가능하지 않을까 하는 호기심에 녹음이 가능한 버저 버튼을 구입했다. 버튼을 누르면 간식을 주고 점차 낚싯대로 놀아주는 보상까지 해주면서 반복 훈련을 해봤는데 토리가 곧장 버튼을 적극적으로 활용하기 시작했다. 그런데 새로운 소통 방법을 학습해내는 모습이 기특했던 것도 잠시, 얼마 가지 않아 예상치 못한 부작용(?)이 생겨났다. 바로 시도 때도 없이 버튼을 누르는 것이었다.

버튼은 '아빠' '간식 줘' '놀아줘' '빨리', 총 네 가지로 녹음해 놓았는데 에너지가 넘치다 못해 폭발하는 토리는 거의 '놀아줘' 버튼만 열심히 공략한다. 문제는 한번 낚싯대를 들고 뛰기 시작하면 끝이 안 날 정도로 토리가 지치질 않는다는 것이다. 몇 시간을 놀아줘도 잠시 쉬었다 일어나면 언제 지쳤냐는 듯이 다시 호랑이처럼 뛰어다닌다. 그러다보니 토리는 하루 종일 나와 놀고만 싶은지, 집 안에서는 '놀아줘' 소리가 끊이질 않는다. 내가 아침에 눈뜰 때부터 화장실에 있을 때, 밥 먹을 때, 일할 때, 잠들기 직전까지도 '놀아줘' 소리는 멈추질 않는다.

그동안 토리와 놀아주었던 친구나 지인들 중에서 토리의 에너지를 감당해낸 사람은 단 한 명도 없었다. 시작할 때는 호기롭게 낚싯대를 이리저리 흔들며 열심히 놀아주던 친구도 얼마 가지 않아 앓는 소리를 내며 낚싯대를 패대기치기 마련이었다. 그나마 토리가 에너지를 빨리 소진하게끔 전력으로 뛰게 하는 방법을 알고 있는 내가 토리의 유일한 놀이 상대이지 않을까 싶다. 물론 이런 나조차도 토리의 에너지를 결코 따라갈 수는 없지만 말이다.

가끔 토리가 버튼의 의미를 알고 누르는 것인지 궁금해하는 사람들이 있다. 토리는 버튼에 녹음된 소리나 버튼 색상을 구분한다기보다는 버튼의 위치를 구분해서 누른다. 버튼은 항상 일렬로 배치해두는데 토리가 제일 좋아하고 자주 누르는 '놀아줘' 버튼은 세번째에 있다. 그래서 토리는 거의 항상 세번째 버튼만 발로 쏙 빼내어 열심히 누르다가 반응이 없으면 네번째 버튼('빨리'가 녹음돼 있다)을 누르는 식으로 소통한다. 혹시나 해서 다른 버튼들과 위치를 바꾸어놓았을 때 세번째 버튼을 먼저 찾아 누르는 걸 보고 알게 됐다. 아마도 세번째 버튼을 눌렀을 때 즉각 낚싯대를 드는 반응을 보였기에 학습된 결과가 아닐까 싶다.

집에서 버튼소리가 너무 자주 들리면 스트레스를 받지 않느냐는 질문도 종종 받는다. 물론 한 번씩 지칠 때가 있었지만 이제는 적응되기도 했고 토리가 무엇을 원하는지 알 수 있어서 여전히 토리가 버튼을 활용할 수 있게 두고 있다. 대신 토리도 이제 버튼을 너무 자주 누르면 소용이 없다는 걸 아는지 적당히 누르다가 내가 오늘은 그만하자고 설득하면 포기하고 자리에 눕는다.

이제는 토리의 트레이드 마크가 되어버린 '놀아줘' 버튼. 아마 토리와 함께 사는 동안 가장 많이 듣게 될 말이 아닐까 싶다.

놀아줘놀아줘놀아줘

빨리빨리빨리!

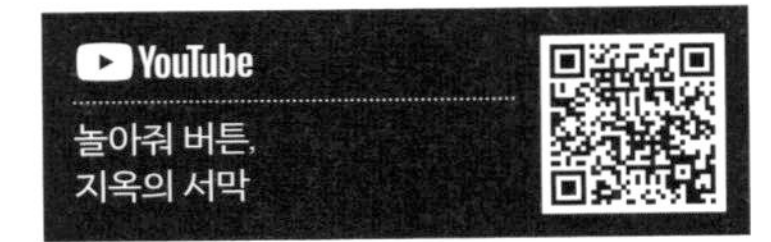

관종 고양이

토리는 관심받는 걸 좋아한다. 대놓고 관심받기보다는 은근히 존재감을 드러내면서 관심의 중심에 서는 것을 즐긴다. 집에 처음 보는 사람들이 방문했을 때도 온통 토리에게 관심을 쏟을 때는 시큰둥하게 반응하면서 정작 자신에게 관심을 주지 않는 것 같으면 무슨 짓을 해서라도 자기에게로 관심을 돌린다.

내가 집에 방문한 지인들이나 가족과 대화하느라 토리에게 관심이 시들해지는 것 같으면 토리는 주변을 어슬렁거리며 관심을 끌기 시작한다. 평소에는 거들떠도 보지 않는 물건들을 괜히 한 번씩 툭툭 건드리거나 바닥으로 떨어뜨리기도 하고, 잘 보이는 곳에 성큼 올라가 포즈까지 취하면서 나 좀 봐달라는 표정으로 능청을 떨기도 한다. 그마저도 통하지 않으면 집 안 구석구석을 뛰어다니며 정신없이 존재감을 어필한다.

이런 토리의 관종력은 일주일에 한 번 유튜브에서 라이브 방송을 할 때 더 잘 볼 수 있다. 라이브 방송 시청자분들 사이에서 관종으로 유명한 토리는 방송을 시작하는 걸 어떻게 귀신같이 아는 건지, 방송을 켰다 하면 고정석에 딱 자리를 잡고 올라가 앉는다. 시청자분들과 소통하다가 이야기가 잠시 다른 곳으로 흘러가면, 평소에는 하지 않던 행동만 골라 하면서 어떻게든 관심을 다시 자기에게로 돌려놓는다. 나를 보면서 괜히 물건을 떨어뜨린다든가, 발이 지저분해질까봐 못 나가게 막는 현관으로 달려간다든가, 계단 위로 우다다 뛰어 올라가기도 한다. 조금이라도 자신에게 관심을 덜 주는 것 같으면 온갖 방법을 동원해서 관심을 독차지하려고 하는데, 아무래도 시청자분들을 질투하는 게 아닐까 싶다.

이처럼 토리가 관심을 끄는 방법에는 여러 가지가 있지만, 가장 많이 사용하는 방법은 버튼 누르기이다. 집 안에서는 심심할 틈이 없이 항상 '놀아줘' 소리가 울려 퍼진다. 내가 다른 용무를 보고 있을 때는 토리에게 관심을 주지 못하는데, 이때 토리는 열심히 버튼을 눌러보다가 통하지 않으면 내 주변을 맴돌면서 "야옹" 하고 운다. 그것마저 먹히지 않으면 내 옆으로 슬쩍 다가와 눈치를 한번 보고는 솜방망이 주먹으로 나를 툭 치고 도망간다. 마치 자기를 잡아보라는 것처럼. 처음에는 가볍게 무시하고 하던 일을 이어가다가 몇 번 계속되면 그 모습이 귀여워서 나도 모르게 자리에서 일어나 한바탕 토리 뒤를 쫓으며 술래잡기를 한다.

토리는 머리가 좋아서 해도 되는 것과 하면 안 되는 것을 명확하게 알고 있다. 얄밉게도 관심을 끌 때는 일부러 하면 안 되는 행동들만 골라서 한다. 물론 이런 행동들이 한번 습관이 되면 나중에 관심을 끌려고 할 때마다 반복할 수 있기 때문에 안 좋은 행동으로 관심을 끌 때는 최대한 반응하려 하지 않고 있다. 하는 행동도 모습도 네 살배기와 똑같은 토리. 미운 네 살이라는 말이 요즘따라 더 실감이 나지만 그래도 내 눈에는 귀엽고 사랑스러울 따름이다.

나 좀 봐봐. 이 자세 할 수 있어?

여기 올라가면 아빠가 봐주겠지?

뭐 해! 나랑 놀자니까아아

고양이 탈을 쓴 인간?

토리는 학습이 굉장히 빠르고 말귀도 잘 알아듣는다. 그래서 그런지 무슨 말을 해도 척척 알아듣고 따르는 모습이 가끔은 사람 같을 때가 있다. 너무 오버한다고 생각할 수도 있겠지만 깜짝 놀랄 만큼 신기했던 일화들이 있다.

토리와 놀아주다가 지쳐서 "삼십분만 쉬자. 삼십분 뒤에 버튼 누르면 놀아줄게"라고 말했더니 정확하게 삼십분 뒤에 일어나서 버튼을 누른 일도 있었고(당시 라이브 방송중이라 실시간 시청자분들도 다 함께 목격하고 일동 경악했었다), 엄마와 통화를 하다가 엄마가 토리 좀 바꿔달라고 장난처럼 말씀하시자 방에서 쉬고 있던 토리가 곧장 대답하며 옆으로 다가왔던 적도 있다. 이런 일이 한두 번이었다면 그저 우연한 해프닝이라고 생각했겠지만, 정말 소름이 돋을 정도로 사람 말귀를 정확하게 알아듣고 행동할 때가 많다.

이 외에도 사람처럼 누워서 베개를 베고 자거나 의자에 앉아 나와 함께 영화를 볼 때면 가끔은 정말 사람의 영혼이 들어가 있는 건 아닌가 하는 생각이 들 정도다. 컴퓨터나 TV를 켜놓고 잠들 때가 많은데 하루는 자다가 새벽에 깨서 옆을 돌아봤더니 토리가 의자에 앉아 내가 틀어둔 게임 방송 화면을 멍하니 보고 있었다. 화면이 움직이니 신기해서 잠시 쳐다보는 것일지도 모르지만 토리는 정말 보고 있는 장면을 이해라도 하는 것처럼 집중해서 화면을 들여다본다. 그런 모습을 볼 때마다 어이가 없을 정도로 신기해서 나도 모르게 헛웃음을 짓곤 한다.

토리는 눈치도 엄청 빠르다. 작은 상황 변화도 금방 알아차리고 그 상황을 이용해서 행동하곤 한다. 토리는 평소 에너지가 너무 넘쳐서 일부러 잠들었을 때 슬쩍 라이브 방송을 켜면, 귀신같이 알고 자리에서 벌떡 일어나 '놀아줘' 버튼을 누르기 시작한다. (이 글을 쓰고 있는 지금 이 순간에도 갑자기 '놀아줘' 버튼을 누르는 바람에 화들짝 놀랐다. 100퍼센트 실제 상황!)

사람처럼 행동하는 고양이들에게 집사들이 농담처럼 하는 말 중 하나가 바로 "이제 등에 있는 지퍼 열고 나와!"이다. 토리는 정말 아무도 보지 않을 때 슥 지퍼를 열고 사람 모습으로 변할 것만 같다.

내가 좋아하는 지브리 애니메이션 중에서 고양이를 소재로 한 〈고양이의 보은〉이라는 작품이 있다. 거기에 등장하는 고양이 캐릭터 '무타'가 토리랑 많이 닮았다. 껄렁껄렁하고 급한 성격에 능글맞은 구석도 있으면서 힘은 또 무식하게 센 고양이. 토리가 만약 말할 수 있다면 딱 무타처럼 말할 것 같다.

"어이, 집사! 얼른 낚싯대 좀 흔들어봐!"

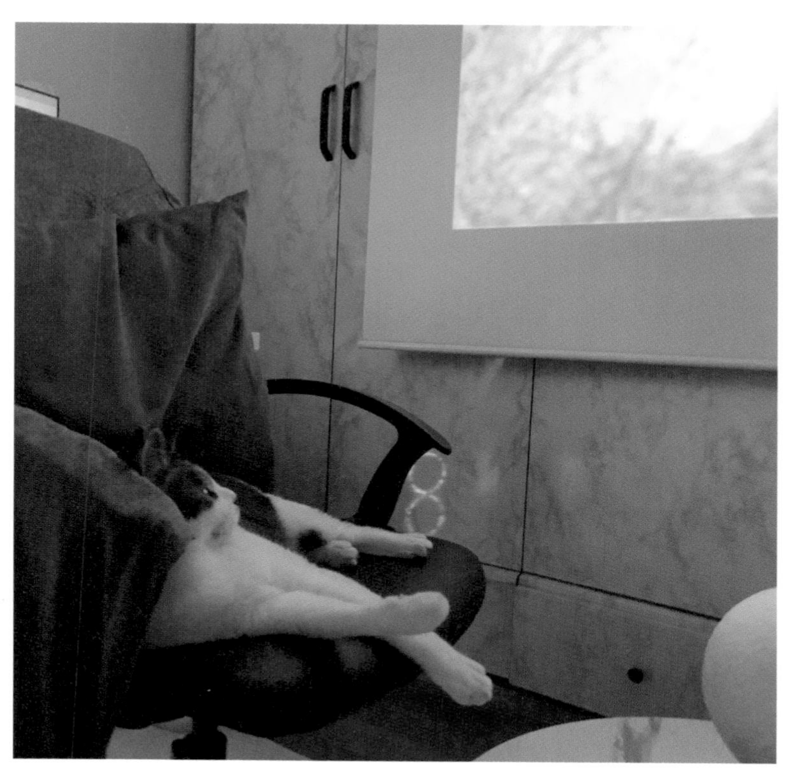

영화 볼 때는 귀찮게 하지 마라냥

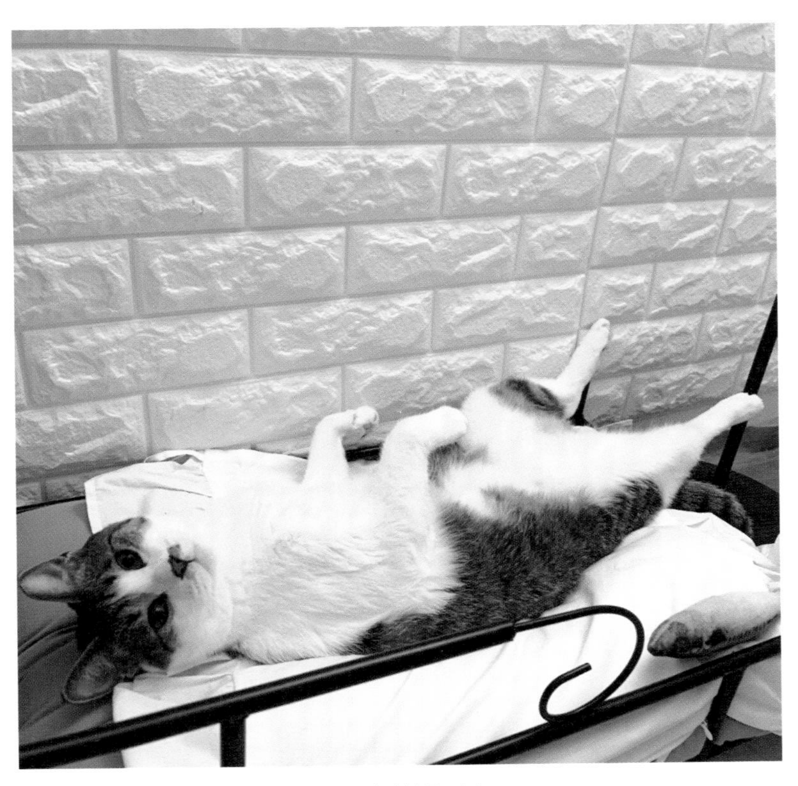

잠 좀 자게 불 좀 꺼봐

이제 이 베개는 내 꺼다냥

토리는
실물파

토리를 오래전부터 영상으로 봐온 분들이 가끔 물어보신다.

"토리 요즘 살쪘나요?"

"토리도 뚱냥이가 됐네요!"

토리는 영상으로 보이는 것과 실물에 차이가 좀 있는 것 같다. 부모님도 집에 방문하실 때마다 "영상으로 볼 땐 살 좀 찐 것 같았는데, 아니네?"라며 놀라신다. 요즘 털이 찐 건지 아니면 내가 각도를 잘못 잡아서 영상을 찍는 건지, 영상으로는 토리의 미모가 제대로 담기지 않는다. 토리를 영상으로만 보다가 실제로 집에 와서 본 지인들도 실물이 훨씬 예쁘다고 말한다.

토리 사진을 찍을 때마다 화면에 제대로 담기지 않는 것 같아 최대한 여러 각도에서 찍어봤는데 매번 결과물이 만족스럽지 못하다. 토리의 귀엽고 사랑스러운 얼굴을 사진에도 최대한 비슷하게 담고 싶은데, 그게 제대로 되지 않을 때마다 속상하다. 다른 집사님들이 찍은 반려묘 사진을 보면 고양이 모델이라 해도 믿을 정도로 예쁘게 잘 나오는 것 같다. 하지만 내가 사진을 찍으면 토리의 얼굴이 이리 뭉개지고 저리 뭉개지곤 한다. 나중을 위해서라도 예쁜 사진을 많이 찍어두라는 얘기를 자주 들어서 열심히 찍고 있지만, 내가 사진을 잘 못 찍는 건지 지금까지 찍어둔 토리 사진들 중에 남들에게 자랑할 만큼 예쁜 사진은 없는 것 같다. 그나마 2023년에 한 매거진에서 토리와 내가 만난 이야기를 인터뷰하러 집에 방문하셨을 때, 사진작가님께서 토리 사진을 예쁘게 잘 찍어주셔서 고이 소장해두고 있다.

성격이 얌전한 고양이는 사진을 찍기 수월하겠지만, 토리는 에너지가 넘쳐 움직임이 많아서 사진에 담고 싶은 순간을 제대로 포착하기가 어렵다. 사진 100장을 찍으면 그중에서 한 장 건질까 말까 한 것 같다. 그래서 토리를 화면으로만 보고도 예쁘다고 칭찬해주시는 분들께 정말 감사하다. 그렇지만 어떻게든 토리의 실물 미모를 더 널리 알리고픈 팔불출 집사의 마음은 다 똑같을 것이다.

너스레를 떤 김에 한 가지 더 자랑하자면, 지금까지 우리집에 방문한 손님들 중에 토리의 실물을 보고 반하지 않은 사람은 아직 한 명도 없다. 고양이에게 관심이 없는 친구도 토리를 처음 보고 너무 예쁘게 생겼다고 감탄하며 토리를 보러 또 오고 싶다고 이야기했다. 특히 자주 듣는 말은 "나 원래 고양이 별로 안 좋아하는데"이다. 고양이에게 관심이 없던 사람도 푹 빠지게 만드는 게 바로 토리의 매력인 것 같다. 사랑스러운 외모에다 처음 보는 사람한테도 애교가 철철 넘치니 어떻게 예뻐하지 않을 수 있을까. 강아지파 외길 인생을 걸어온 나조차도 토리를 처음 본 순간에 이미 녹다운이 됐으니 말이다.

간혹 유튜브 구독자분들 중에 토리 팬미팅 계획을 물어보시는 분도 계신다. 나도 마음 같아서는 토리의 실물 미모를 많은 사람에게 자랑하고 보여드리고 싶지만 현실적으로 불가능한 일이기에 아쉬울 따름이다. 앞으로는 화면으로 토리를 보는 분들도 아쉬움이 남지 않도록 가능한 한 토리의 실물을 그대로 담을 수 있게 촬영 실력을 더 갈고닦아야겠다.

어때, 잘 나와? 실물 잘 담겨야 되는데…

내 미모는 카메라에 다 안 담길걸?

마성의 매력

고양이를 싫어하는 사람도 사랑할 수밖에 없게 만드는 매력, 그게 바로 토리가 가진 마성의 매력이다. 우선 나부터가 그 증인이다. 고양이를 좋아하지 않던 내가 집사가 되었으니 말이다. 나를 시작으로 내 주변 지인, 친구, 가족들 역시 토리의 매력에 흠뻑 빠지게 되었다.

평소 나처럼 고양이를 좋아하지 않고 길고양이를 보면 탁탁 발소리를 내며 쫓아내던 친구가 이제는 우리집에 놀러 오면 토리부터 찾고 토리 애교에 어쩔 줄 몰라 할 만큼 토리를 예뻐한다. 가족들도 마찬가지다. 부모님도 원래 고양이를 별로 좋아하지 않으셨는데 토리를 만난 후로는 '우리 토리는 다르다'며 토리를 손주 보듯 예뻐하신다. 강아지만 좋아했던 아빠는 이제 토리를 보면 낚싯대부터 들고 열심히 관심을 끄신다. 가만히 누워서 쉬고 있는 토리에게 다가가 조심스럽게 쓰다듬기도 하고 틈날 때마다 토리 이름을 부르며 토리를 찾으신다. 고양이는 어딘가 기분 나쁘고 무섭다던 엄마는 이제 그 누구보다도 토리를 먼저 찾으시고, '가족들 중에서는 아빠(집사) 다음으로 토리를 좋아하는 사람이 할머니'라며 토리를 향한 애정에 자신감까지 가지고 있으시다.

하루는 집에 외할머니가 방문하신 적이 있다. 외할머니는 평소 고양이는 물론 동물 자체를 별로 좋아하지 않으셔서 혹여라도 불편해하시면 어쩌나 걱정했다. 그런데 가족들을 반기는 토리를 가만히 지켜보시더니 먼저 다가가 쓰다듬으시고는 너무 예쁘게 생겼다며 토리에 대한 칭찬을 아끼지 않으셨다. 할머니는 집에서 동물을 절대 키우지 않는 분이시기도 하고, 웬만하면 먼저 잘 만지시지도 않기 때문에 토리를 예뻐하시는 모습을 보고 적잖이 놀랐다. 그 모습을 본 엄마가 할머니에게 슬쩍 "이 정도면 집에서 키울 만하지?" 하고 물었더니 할머니는 망설임 없이 그렇다고 대답하셨다. 할머니의 긍정에 놀라면서도 한편으로는 역시 토리는 마성의 매력덩어리라는 생각이 들었다.

종종 유튜브 댓글에서 원래 고양이를 안 좋아했는데 우연히 토리 영상을 보고 고양이의 매력에 빠졌다는 사람과 그러다 집사까지 되었다는 소식을 접한다. 고양이를 싫어하던 사람도, 고양이에게 관심이 없던 사람도 고양이의 매력에 흠뻑 빠지게 만드는 마성의 토리. 다음엔 또 누가 토리의 매력에 빠지게 될까?

무엇을 걸쳐도 찰떡! 토리 is 뭔들

이렇게 예쁜 감 어디서 봤는감?

예의 바른
마중냥이

토리는 아주 예의 바른 마중냥이, 배웅냥이다. 집에 누군가 방문하면 쪼르르 현관으로 달려 나가 그게 누구든 반갑게 마중하고, 손님이 집으로 돌아갈 때는 배웅까지 해준다. 내가 외출했다가 들어올 때도 마찬가지로 반갑게 마중을 나오는데, 다른 사람들과 다르게 나에게는 바닥에 뒹굴뒹굴 몸을 구르며 온몸으로 반겨준다. 그럴 때마다 얼마나 기특하고 사랑스러운지 밖에서 무슨 일이 있었든 간에 하루의 피로가 싹 녹아내린다.

그러다보니 외출을 마치고 집에 돌아올 때면 문 앞에서 번호키를 누르는 순간부터 토리가 꼬리를 세우고 쫄랑쫄랑 달려 나오는 모습이 머릿속에 그려져 기대가 된다. 그렇게 문을 열면 역시나 토리는 꼬리 안테나를 달고 현관 앞으로 달려와 풀썩 쓰러져서는 양옆으로 데굴데굴 구르기 시작한다. 그러면 나는 잔뜩 높아진 목소리로 토리와 간단하게 인사를 나누고 화장실에 들어가 손부터 씻고 나온다. 그러고는 거실 복도에 주저앉아 바닥에 드러누운 토리의 배를 열심히 긁어주며 "잘 있었어? 뭐 하고 있었어, 똥고양이~" 하며 제대로 인사를 나눈다. 그렇게 토리와 진한 상봉 의식을 치른 뒤에야 자리에서 일어나 외투를 벗고 가방을 정리한다. 이런 토리 덕분에 귀가하는 시간이 즐겁고 기다려진다.

토리의 마중을 처음 경험하는 지인들의 반응을 보는 재미도 쏠쏠하다. 반응이 제각기 다르기 때문이다. 고양이를 좋아하는 친구들은 마중을 나오는 토리를 보고 현관에서부터 자동으로 고주파 소리를 발사한다. 토리를 보는 눈에서 하트가 쏟아져 나오는 게 보여서 절로 웃음이 난다. 누군가는 "어떡해!" 하면서 입을 틀어막고 발을 동동 구르기도 하고, 또다른 누군가는 고양이가 이렇게 마중을 나오는 건 처음 본다며 당황하거나 신기해한다. 한 친구는 자신이 키우는 강아지도 이렇게 마중을 나오진 않는다며 탄식하기도 했다. 손님을 맞으러 나온 토리와 그런 토리를 보고 한눈에 반해 현관에 서서 어쩔 줄 몰라 하는 손님들. 반응은 다 다르지만 공통점 하나는 토리를 보는 모두의 얼굴에 웃음꽃이 핀다는 것이다.

언제든 나를 반겨주는 존재가 있다는 것은 너무나 행복한 일이다. 토리를 만나기 전에 혼자 살았을 때는 외출하고 돌아와 문을 열면 마주하게 되는 적막감이 쓸쓸하다 못해 쓰라릴 때가 있었다. 반복되는 현실에 치이고 돌아와도 반겨주는 이 하나 없이 텅 빈 방 안에 나 혼자 있다는 생각에 한 번씩 서글퍼지기도 했다. 하지만 이제는 내가 집에 돌아올 때마다 온몸으로 나를 맞아주는 사랑스러운 토리가 있다. 이 작은 차이 하나가 내 일상에 얼마나 큰 변화를 가져왔는지 지금도 믿기지 않을 정도다.

집사가 사냥을 나갔다가 빈손으로 돌아오더라도 언제나 한결같은 모습으로 "왔어?" 하고 인사해주는 토리. 덕분에 오늘도 집으로 돌아가는 내 발걸음은 구름처럼 가볍다.

왜 이렇게 늦었냥

빨리 씻고 나랑 놀아줘

전화
참견쟁이

토리는 내가 통화를 하고 있으면 매번 옆에 와서 참견한다. 꼭 자기도 껴달라는 것처럼 나를 쳐다보면서 "애옹— 애옹—" 울곤 한다. 내가 통화를 자주 하는 사람들 중에서는 엄마 목소리에 특히 더 반응을 잘 한다. 수화기 너머로 엄마 목소리가 들리면 자다가도 벌떡 일어나서 다가온다. 고양이는 톤이 높은 사람의 목소리를 좋아한다고 하는데, 아마 엄마의 목소리 톤이 높은 것이 한몫을 하는 게 아닐까 싶다.

엄마랑 한창 통화하고 있으면 어느새 토리가 옆으로 다가와 열심히 "애옹애옹" 대답한다. 그럴 때면 엄마는 하던 대화를 멈추고 "어~ 그래~ 토리야, 할머니야~" 하면서 토리와 대화를 이어가신다. 마치 손주랑 얘기라도 하는 듯 애틋하게 토리 이름을 연신 불러가며 토리의 대답을 기다리신다. 엄마는 기특하게도 꼬박꼬박 대답하는 토리가 신기하신지 이제 나와 통화할 때마다 토리를 찾으신다.

친구와 통화할 때도 마찬가지다. 엄마와 통화할 때만큼 적극적으로 대화에 끼려 하지는 않지만, 내 주위를 서성이며 나를 빤히 올려다본다. 그 눈빛이 꼭 "이번엔 누구랑 통화하냥?" 하고 말하는 것만 같다. 전화를 끊기 전에 내가 "자, 토리도 삼촌한테 인사해"라고 하면 그제서야 "야옹—" 하고 말한다. 그러면 친구는 토리의 재롱에 호탕하게 웃으며 조카가 생긴 것 같다고 좋아한다.

물론 난감한 상황이 생길 때도 있다. 업무 관련 전화나 다른 중요한 전화를 하고 있을 때, 토리는 유독 더 칭얼거리며 전화 참견을 한다. 통화하다 흐름이 끊기면 난처해질 수 있기 때문에 토리가 울지 않게 열심히 엉덩이를 두드려준다. 우는 갓난아기 등을 토닥이고 달래듯이. 그럴 때마다 토리가 고양이가 아니라 사람 아기 같다는 생각이 든다.

하루는 이런 일도 있었다. 친구를 만나기로 한 날, 약속 시간이 다 됐는데 준비가 늦어 허둥지둥 방에서 짐을 챙기고 있을 때 친구에게 전화가 왔다. 어디냐고 묻는 친구에게 "가고 있어. 버스 타면 카톡할게" 하고 전화를 끊으려던 순간……

"야옹"

—…….

'하아…… 한토리!!!'

내가 아직 집에서 안 나갔다고 아주 제대로 고자질을 해버리는 바람에 거짓말이 들통나버렸다. 전화하기 전까지만 해도 얌전히 의자에 앉아서 쉬고 있었으면서……. 어찌나 얄밉던지.

토리야, 도대체 넌 누구 편이냐?

누구랑 전화하냥?

나도 좀 바꿔줘봐

풍속성 고양이

물을 좋아하는 수속성 고양이를 만나려면 삼대가 덕을 쌓아야 한다는 말이 있다. 그만큼 고양이들은 대부분 물이 몸에 닿는 것을 싫어하기 때문에 집사들은 고양이 목욕 시즌이 돌아올 때마다 한바탕 전쟁을 치르곤 한다. 토리는 목욕할 때 비교적 잘 참는 편이긴 하지만 아쉽게도 수속성은 아니어서 목욕 시간이 길어지면 그만 빨리 끝내라고 울면서 빠져나가려 한다. 대신 드라이만큼은 아주 잘한다.

다른 집사님들에게 목욕도 문제지만 목욕이 끝나고 드라이를 할 때가 진짜 전쟁의 시작이라는 말을 종종 듣는다. 드라이를 피하려 화장실에서 뛰쳐나와 온몸에서 물이 뚝뚝 떨어지는 채로 온 집 안을 돌아다니는 바람에 거실이 물바다가 되었다는 에피소드도 심심치 않게 듣는다. 고양이들은 소음에 예민하기 때문에 청소기나 드라이기 같은 큰 기계음을 무서워하는 경향이 있다. 그래서 청소기를 돌리거나 드라이기를 켜면 잽싸게 도망가거나 숨는 고양이가 많다고 한다.

토리는 소음에 굉장히 관대한 편이다. 청소기를 돌려도 드라이기를 바로 앞에서 흔들어도 무서워하지 않는다. 덕분에 목욕에 비해 드라이는 수월하게 마칠 수 있다. 토리에게 드라이기를 갖다 대면 눈을 천천히 깜빡이며 드라이기에서 나오는 차가운 바람을 즐기는 듯 여유를 부린다. 심지어 바람을 맞으며 여유롭게 그루밍까지 한다. 나는 그 모습이 너무 귀여워서 '듀얼 드라이'라는 이름을 붙여줬다. 드라이기 바람에 털이 팔랑팔랑 나부끼는 채로 열심히 온몸 구석구석을 그루밍하는 토리를 보고 있으면 흐뭇한 미소가 절로 나온다.

하루는 내가 샤워를 하고 화장실 안에서 머리를 말리고 있을 때였다. 어디선가 나를 바라보는 시선이 느껴져서 화장실 문 쪽을 바라보니 토리가 다소곳이 앉아서 나를 빤히 쳐다보고 있었다. 그런 토리가 귀여워서 장난기가 발동한 나는 "너도 말릴래?" 하면서 드라이기를 토리 쪽으로 흔들어주었다. 그러자 토리가 눈을 지그시 감고 드라이기 바람을 느끼기 시작했다. 그 표정이 마치 "아~ 좋다" 하고 말하는 것만 같아서 웃음이 나왔다.

나에게는 수속성 고양이보다 더 특별한 풍속성 고양이 토리. 날씨 좋은 날 같이 드라이브하며 바람을 쐴 수 있으면 얼마나 좋을까.

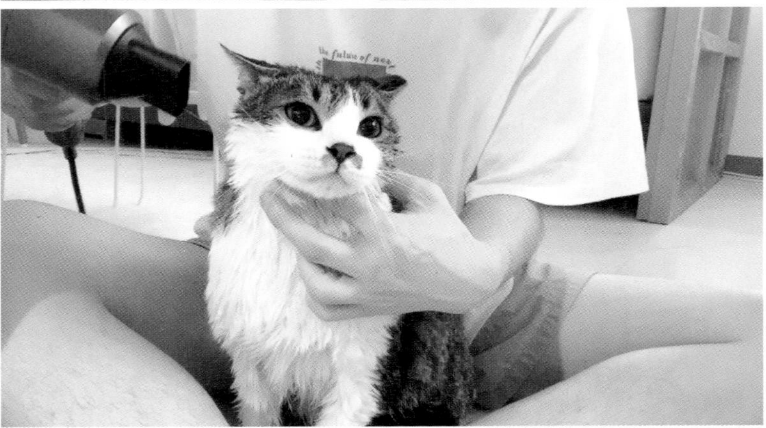

뽀송뽀송하게 말려줘라냥~.~

토리의 애착 물그릇

토리에게는 애착 물그릇이 있다. 바닥에 스펀지밥 캐릭터가 그려져 있는 노란색 세숫대야다. 토리가 처음 집에 왔을 때 물을 담아줄 그릇을 찾다가 마땅한 그릇이 없어서 마침 굴러다니던 세숫대야에 물을 담아줬었는데 그 이후로 다른 물그릇은 쳐다도 안 보고 그 세숫대야에 담긴 물만 찾는 것이었다.

물그릇보다는 고양이 전용 정수기가 더 좋다는 말에 필터가 달린 급수기도 놔줘봤다. 요즘 나오는 급수기들은 물이 졸졸 흘러서 물을 잘 마시지 않는 고양이들도 호기심을 갖고 물을 마시게끔 만들어졌다. 토리는 새로 생긴 급수기에 처음에만 잠시 관심을 갖다가 나중에는 거들떠보지도 않고 세숫대야에 담긴 물만 고집했다. 오히려 사냥놀이를 하며 열심히 뛰어놀다가 급수기를 완전히 엎어버리는 바람에 거실이 물 천지가 되어버렸다. 혹시나 하는 마음에 이사를 와서도 급수기를 한쪽에 놔주었지만 마셔야 하는 물은 마시지 않고 뛰어다니면서 급수기를 툭툭 치는 바람에 바닥에 물이 흥건해져서 결국 급수기를 치울 수밖에 없었다.

다른 집사님들 이야기를 들어보면 어떤 고양이는 흐르는 물을 좋아해서 꼭 수도꼭지를 틀어줘야만 물을 마신다고 하고, 또 어떤 고양이는 화장실 물을 좋아한다고도 하니 고양이마다 물 취향이 다른 것 같다. 토리는 왜 고여 있는 물을 더 좋아할까? 길냥이 시절에 고여 있는 물을 주로 먹어서 흐르는 물에는 별 관심이 없는 것 같다. 그런데 왜 유독 노란 세숫대야에 담긴 물에만 집착하는 건지는 모르겠다. 집에 온 손님들도 방 한구석에 생뚱맞게 물을 가득 떠다놓은 세숫대야를 보고 저건 뭐냐고 궁금해하는데 내가 봐도 참 이상한 그림이긴 하다.

걱정되는 건 토리의 애착 세숫대야가 플라스틱 제품이어서 혹여나 건강에 악영향을 끼치는 것이다. 플라스틱 제품은 사용하다 내부에 스크래치가 나면 그 안으로 세균이 번식할 수 있어서 반려동물의 식기나 물그릇은 스테인리스나 세라믹 제품을 사용하는 것을 권장한다. 그래서 물그릇을 바꾸려 여러 번 시도해봤지만 실패하고 결국은 스펀지밥 세숫대야로 돌아오게 된 것이다. 토리의 애착 물그릇을 치워버리면 물을 잘 마시지 않을까봐 걱정되지만, 그래도 언제까지고 세숫대야를 물그릇으로 사용할 순 없으니 다시 물그릇 바꾸기 프로젝트를 시작해야겠다.

그래, 바로 이 맛이야! 챱챱

만능 벌레 퇴치
토스코

나는 벌레를 몹시 싫어한다. 개미나 거미 정도는 손으로 잡을 수 있지만 더듬이가 유난히 길거나 다리가 여덟 개 이상인 벌레들은 보기만 해도 몸서리를 친다. 예를 들면 곱등이, 바퀴벌레, 돈벌레, 지네와 같은 벌레들 말이다.

이사 오기 전에 살던 집은 그야말로 벌레들의 소굴이었다. 준공된 지 25년이 지난 오래된 아파트이기도 했고, 아파트 단지 바로 뒤가 논길인데다 저층 세대라 날씨가 조금만 따뜻해지면 온갖 벌레들이 총집합했다. 내가 그 집에 살면서 본 벌레만 해도 아마 십수 종이 넘을 것이다. 파리, 모기, 나방, 거미는 물론 귀뚜라미, 곱등이, 돈벌레, 바퀴벌레, 지네, 무당벌레, 딱정벌레 등 살면서 볼 수 있는 벌레들은 다 본 것 같다.

그중 내가 특히 싫어하던 건 바퀴벌레와 돈벌레였는데, 하필 이 두 놈들이 단골처럼 자주 등장해서 진절머리가 났다. 그나마 가족들과 함께 살 때는 가족들이 대신 벌레를 잡아주곤 했다. 방이나 거실에서 스스슥 지나가는 벌레를 발견하고 "벌레!" 하고 소리를 지르면, 아빠든 형이든 엄마든 튀어나와 "어디?" 하면서 아무렇지 않게 벌레를 잡았다. 하지만 가족들이 이사를 가고 혼자 살게 되면서 벌레를 직접 잡아야만 했는데 그때마다 곤욕을 치렀다.

벌레를 싫어하는 사람들은 공감하겠지만, 정말 무서운 것은 벌레를 잡는 게 아니라 눈앞에서 벌레가 사라져버리는 상황이다. 눈앞에서 벌레를 놓치면 언제 어디서 또 튀어나올지 모른다는 공포감에 잠을 제대로 잘 수 없다. 그래서 벌레를 발견하면 그 즉시 시선은 벌레에 고정하고 벌레 퇴치제부터 찾아야 한다. 만약 퇴치제를 가지러 다른 방으로 이동하게 되면 그사이에 벌레가 도망칠 수도 있기 때문에 퇴치제는 방마다 구비해놓아야 한다. 그렇게 벌레가 알아차리지 못하도록 원통형 무기를 손에 쥐고 살금살금 발소리를 죽여 다가가서 "으아아아아악!" 하는 포효와 함께 사정없이 살충제를 뿌리고 나면 벌레는 몸부림치다가 겨우 움직임이 멎는다. 최대한 손에 닿지 않도록 휴지를 둘둘 말아서 죽은 벌레를 집어 쓰레기통에 넣고 나서야 안심할 수 있다.

그런데 토리가 집에 온 후 벌레와의 긴 전쟁이 끝나게 되었다. 토리는 호기심이 많고 사냥 본능이 뛰어나서 눈앞에서 움직이는 것들을 절대 가만 놔두지 않는다. 하루는 방에 있다가 거실로 나와보니 토리가 혼자 구석에서 뭔가를 열심히 굴리며 놀고 있었다. 다가가서 봤더니 다름 아닌 돈벌레 사체였다. 나는 기겁해서 바로 토리를 떼어낸 다음 사체를 치웠다. 그런데 가만히 생각해보니 토리와 함께 살게 된 후 왠지 벌레가 잘 안 보이는 것 같았다. 벌레들이 극강의 천적을 만난 것이었다.

토리는 이후에도 모기, 거미, 돈벌레, 바퀴벌레 등 가리지 않고 집에서 나타나는 벌레들을 모조리 잡아냈다. 속으로 얼마나 든든하고 기뻤는지. 하루는 현관 쪽에서 바퀴벌레를 발견하고 곧장 "토리야! 한토리! 벌레!! 벌레!!!" 하고 소리쳤더니 방 안에서 쉬던 토리가 한걸음에 달려 나왔다. 순간 그 모습이 꼭 슬

로모션으로 달려오는 구조대원처럼 보였다. 거실로 나온 토리에게 벌레를 가리키자 토리는 망설임 없이 달려가더니 바로 제압했다.

지금은 다행히도 벌레 없는 집으로 이사를 와서 너무나 평온한 일상을 보내고 있지만, 토리는 잡을 벌레가 없어져 조금은 심심해지지 않았을까 싶기도 하다. 앞으로도 웬만하면 집에서 벌레와 마주치는 일은 쭉 없었으면 좋겠지만 설령 벌레가 나타난다 해도 무서울 건 없다. 나에게는 세스코 부럽지 않은 '토스코'가 있기 때문에.

나의 든든한 해충 박멸 히어로 토리, 앞으로도 잘 부탁해!

바퀴벌레 출현 당시 다급했던 현장.jpg

토리는 신나고 집사만 혼비백산

화장실
보디가드

화장실에 갈 때마다 키우는 고양이가 따라오는 경험을 한 집사가 많을 것이다. 토리도 내가 화장실에 들어가기만 하면 어느새 나를 따라와 문 앞을 지키고 앉아 있다. 나는 대부분 집에 혼자 있기 때문에 화장실을 이용할 때 거의 문을 열어둔다. 그때마다 토리는 화장실 문 앞에 떡하니 자리를 잡고 앉아 볼일을 보는 나를 멀뚱멀뚱 쳐다보곤 한다. 변기가 화장실 입구와 바로 마주 보고 있기 때문에 상당히 민망한 장면이 연출되곤 하지만 토리는 전혀 개의치 않고 내가 화장실 밖으로 나오기만을 기다린다. 양치할 때도, 샤워할 때도, 화장실 청소를 할 때도 언제든 토리는 화장실 문 앞을 보디가드처럼 지킨다. 간혹 화장실에 있는 시간이 길어질 때면 바닥에 데굴데굴 구르면서 빨리 나오라고 재촉까지 한다. 이런 모습을 볼 때마다 평소에도 개냥이라고 생각하기는 했지만 정말 강아지가 따로 없다는 생각이 든다.

언젠가 한 수의사분이 집사가 화장실에 갈 때마다 고양이가 따라와서 기다리는 이유를 설명해주시는 영상을 본 적이 있다. 대부분은 호기심 때문이라고 한다. 집사가 화장실에 들어갔을 때 안에서 들리는 여러 소리가 고양이의 궁금증을 유발하기 때문에 문 앞에서 기다린다는 것이다. 혹은 분리불안이 있는 경우에도 화장실 앞에서 기다리는 행동을 보일 수 있다고 한다. 그런데 나는 화장실 문을 활짝 열어두기에 토리가 더이상 궁금할 것도 없고, 분리불안 증세를 보인 적도 없기에 그쪽도 해당되지 않는다. 그럼 토리는 왜 화장실 앞에서 나를 기다리는 것일까?

토리가 화장실 앞에서 나를 기다리는 이유로 짐작하고 있는 것이 있다. 내가 화장실에서 나가면 토리는 벌떡 일어나 "야옹" 하고 울면서 곧장 버튼 앞으로 달려간다. 그리고 '놀아줘' 하는 소리가 울려 퍼진다. 토리는 그저 나랑 놀고 싶은 것이다. 내가 화장실에서 나가는 순간이 나의 관심을 확실하게 끌 수 있는 기회이기 때문에 토리는 그 순간을 놓치지 않는다. 결국 목적은 내가 아닌 낚싯대이지만, 그럼에도 화장실 앞에 가만히 앉아 나를 얌전히 기다리는 모습은 볼 때마다 듬직하고 귀엽다. 이유가 무엇이든 나는 화장실 보디가드가 있으니 화장실에 갈 때만큼은 다른 걱정을 하지 않아도 돼서 든든하다.

화장실 앞에 낚싯대 물어다놓고 기다리는 토리

상자와 고양이의 상관관계

대부분의 고양이들이 그렇듯 토리 역시 상자를 좋아한다. 상자뿐 아니라 몸이 들어갈 정도의 크기라면 비닐이든 쇼핑백이든 가리지 않고 들어간다. 고양이들은 왜 상자를 좋아할까? 사냥 본능이 남아 있는 고양이들은 천적으로부터 몸을 숨기고 사냥감을 기습하기 좋은 장소나 환경을 찾는 습성이 있는데, 상자가 그에 최적이기 때문이다. 집에 택배가 오면 토리와 나는 들뜬 마음으로 한자리에 모여서 택배를 개봉한다. 내가 기다렸던 물건을 꺼내면 토리는 기다렸다는 듯 빈 상자 안으로 껑충 뛰어들어간다.

하루는 고양이 용품 회사에서 토리에게 크리스마스 기념 선물을 택배로 보내주셨는데, 상자를 열어보니 간식이며 장난감이며 식기 세트며 온갖 다양한 용품이 담겨 있었다. 크리스마스 기념 한정판 선물 세트였다. 내가 상자를 열어 선물을 하나씩 꺼내기 시작하자 토리도 궁금했는지 옆으로 다가와 킁킁 냄새를 맡으며 관심을 보였다. 내가 연신 감탄하며 "오, 간식도 있어!" "토리 좋아하는 낚싯대다!" 말했지만 토리는 처음부터 선물에는 관심도 없었는지, 상자가 비기만을 기다렸다가 내가 물건들을 다 꺼내 정리하는 사이 냉큼 빈 상자 안으로 쏙 들어갔다. 그 모습이 엉뚱하고 귀여워서 나도 모르게 웃으며 "바보, 선물은 여기 있는데" 하고 말했지만 토리는 상자 안에서 세상 만족스러운 얼굴을 하고 태평하게 엎드려 있을 뿐이었다. 그 얼굴이 꼭 이렇게 말하는 것 같았다.

"모르는 소리. 나한테 이 상자만 한 선물은 없다냥!"

또 한번은 책 몇 권이 든 택배를 받았는데 내용물이 책인 만큼 작은 상자가 도착했다. 언제나 그랬듯이 내용물을 꺼내고 상자는 토리가 가지고 놀도록 잠시 거실에 놓아두었다. 물건을 정리하고 거실로 나온 나는 그만 박장대소하고 말았다. 토리가 그

조그만 상자 안에 어떻게든 들어가겠다고 몸을 욱여넣고 쪼그리고 앉아서는 나를 멀뚱멀뚱 쳐다보고 있던 것이다. 고양이의 엉뚱함은 집사들이 심심할 틈이 없는 이유 중 하나인 게 분명하다.

그러고 보니 어렸을 때 나도 비슷한 행동을 했다. 침대 위로 이불을 세우고 고정시켜 작은 텐트를 만들어 캠핑놀이를 하거나, 버려진 상자들을 모아 열심히 자르고 붙여서 나만의 기지를 만들곤 했다. 구하기 쉽지는 않지만 냉장고나 세탁기가 들어 있던 커다란 상자를 발견하기라도 한 날에는 영화에 나오는 비밀기지 부럽지 않은 최고의 아지트를 만들 수 있었다. 그렇게 안전하고 아늑한 나만의 집을 가지게 된 날이면 모든 걸 다 가진 듯 행복했다.

나이를 먹어가면서 그런 종이 쪼가리로는 조금도 행복해질 수 없고 나를 지켜주는 상자는 이 세상 어디에도 없다는 사실을 깨닫게 되었지만, 분명 나에게도 그런 시절이 있었다. 상자 하나로 울고 웃고 세상을 다 가진 듯 행복해하던 그런 시절이. 언제부턴가 그런 행복을 잊고 살았는데 작은 상자 안에서 세상 평온한 표정으로 잠들어 있는 토리를 보고 있으면 잠시 잊고 지낸 순수했던 그 시절의 행복한 시간이 몽글몽글 떠오른다.

고양이가 상자 속에서 안정감을 느끼듯 사람에게도 저마다 안정감을 느끼는 '상자' 같은 것이 있다. 아늑한 내 방의 침대, 부모님과의 전화 통화, 절친한 친구와 나누는 술 한잔, 사랑하는 연인의 품속. 내가 가장 안전하다고 느끼고 나를 가장 나답게 만들어주는 상자들이다. 이건 방금 깨달은 것인데 나에게도 언제든지 숨을 수 있는, 나를 지켜주는 마법 같은 상자가 있다. 각박하고 냉혹한 현실에서 지금의 내가 가장 행복하다고 느끼게 해주는 마법의 상자, 토리라는 사랑스러운 고양이 상자다.

상자팔이 소년냥: 상자 사세요~

비싼 침대 다 필요 없고 상자 하나면 된다냥

마법의 젤리

고양이를 좋아하는 사람들이 빠져 있는 고양이의 매력 포인트 중 하나는 단연코 '젤리'일 것이다. 통통한 젤리처럼 생긴 발바닥은 손가락으로 누르면 '뾱!' 하는 효과음과 함께 하트가 튀어나올 것처럼 사랑스럽게 생겼다. 젤리에 대해서는 사실 집사들보다는 젤리를 한 번도 만져본 경험이 없는 랜선 집사들이 환상을 갖고 열광하는 경우가 많다. "악! 저 젤리 한 번만이라도 만져보고 싶어!" 하면서 말이다. 하지만 고양이에게 발바닥은 사람으로 치면 귀밑머리나 귓등처럼 예민한 부위이기 때문에 함부로 만졌다가는 제대로 냥냥펀치를 맞게 될 수도 있다. 그래서 집사들도 매일 귀여운 젤리를 보고 살지만 쉽게 만질 수 없어서 그저 바라보는 걸로 만족하는 경우가 많다.

토리는 사냥놀이를 하거나 흥분해 있는 경우가 아니면 발바닥을 만져도 큰 반응이 없어서 고맙게도 나는 매일 이 귀여운 젤리를 만지는 특권을 누리고 있다. 토리의 젤리를 수도 없이 만져본 나름의 젤리 달인(?)으로서 그 촉감을 설명하자면 부드럽고 폭신폭신한 마시멜로와 비슷하다. 말캉말캉하고 중독성 있는 젤리를 한번 만지기 시작하면 도저히 멈출 수가 없다. 젤리를 단순히 손으로만 만져서는 제대로 만졌다고 할 수 없다. 젤리를 만질 때도 제대로 즐기는 방법이 있다. 바로 주문을 외우는 것이다. 젤리를 만질 때는 반드시 입으로 "뿍! 뿍! 뿍!" 소리를 내줘야 한다. 그렇게 젤리를 "뿍! 뿍! 뿍!" 하고 누르면, 누를 때마다 마음속에서 하트가 뿅뿅 튀어나오면서 기분이 좋아지는 마법을 경험할 수 있다. 사실 이 주문은 가르쳐주지 않아도 직접 젤리를 만져보면 자신도 모르게 튀어나올 것이다.

젤리를 한 번도 만져본 적 없는 랜선 집사들을 위해 그 촉감을 조금이나마 느낄 수 있는 팁을 알려주자면, 지금 당장 한쪽 손을 손바닥이 위로 보이게 펴보자. 그리고 손을 살짝 둥그렇게 말아보는 것이다. 손바닥 위에 물을 담는다고 생각하면서. 그렇게 손을 살짝 말면 손 중앙에 살들이 모여서 울룩불룩 튀어나오는 부분이 생길 것이다. 그럼 다른 손 검지손가락을 들어 그 부분을 조심스럽게 누르면서 만져보자. 똑같지는 않겠지만 그 느낌이 젤리의 촉감과 비슷하다고 생각하면 된다.

젤리에는 여러 색깔이 있는데 주로 분홍색이나 건포도색, 그 둘이 섞인 얼룩덜룩한 색이다. 집사들은 그걸 '딸기맛 젤리'와 '초코맛 젤리'라고 부른다. 토리는 주로 핑크핑크한 연분홍 딸기맛에 약간의 초코맛이 섞인 젤리를 가지고 있다. 생긴 모양도 얼마나 귀엽고 사랑스러운지 한 번씩 입안에 확 넣어버리고 싶은 충동이 들 때가 있다. 나는 마음의 안정이 필요할 때면 토리의 마법의 젤리를 찾는다. 작업하다가 막힐 때, 걱정이 많아질 때, 아니면 그냥 기분이 너무 좋을 때도. 토리의 젤리를 만지고 있으면 그 순간만큼은 어떤 걱정도 잡념도 사라지고 행복한 마음만 남는다. 모든 걱정을 지워주고 행복만 남겨주는 토리의 젤리는 마법의 젤리다.

세상의 평화를 지키는 젤리

뿍! 뿍! 뿍!

꼬리의 표정

고양이는 강아지에 비해 시니컬한 동물로 알려져 있다. 독립적인 성격 탓도 있겠지만 무심한 표정도 분명 한몫을 할 것이다. 평소 표정이 거의 변하지 않는 고양이들을 보고 간혹 어떤 사람들은 감정이 둔해서 그런 것이라 오해한다. 사실 고양이에게도 숨길 수 없는 표정이 있다. 바로 꼬리이다.

고양이는 감정을 꼬리로 표현하곤 하는데 그래서인지 꼬리를 '제2의 얼굴'이라 부르기도 한다. 한결같이 뚱한 얼굴 표정만 보면 고양이의 감정 상태가 어떤지 쉽게 알 수 없지만 꼬리를 보면 단번에 파악할 수 있다. 기분이 좋으면 꼬리를 안테나처럼 위로 바짝 세우고, 화가 나거나 짜증이 나면 꼬리를 바닥으로 탁탁 내리치고, 심심하거나 놀고 싶을 때는 꼬리를 위로 동그랗게 말아 올린다. 나도 토리와 함께 지내면서 이 꼬리 표정에 익숙해지기까지 조금 시간이 걸렸지만, 한번 알고 나니 고양이라는 존재가 사뭇 더 사랑스럽고 매력적으로 느껴졌다.

다양한 꼬리 표정 중에 가장 신기했던 것은 놀랐을 때이다. 고양이들은 깜짝 놀라거나 바짝 긴장하면 꼬리를 잔뜩 부풀린다. 그 모습이 꼭 '펑' 하고 터지는 것 같아서 집사들 사이에선 '꼬리펑'이라고 불린다. 가끔 토리와 숨바꼭질을 할 때 문 뒤에 숨어 있다가 화들짝 놀래면 하나도 안 놀랐다는 듯 태연한 척하는 얼굴 표정과는 다르게 꼬리는 폭탄을 맞은 것처럼 부풀어 있다. 그게 어찌나 귀여운지 토리한텐 미안하지만 한 번씩 그 꼬리펑을 보려고 일부러 장난을 친다.

사람도 감정을 읽기 위해 서로의 표정을 살피듯 나도 토리의 감정을 파악하려 습관처럼 꼬리 모양을 보곤 한다. 토리는 깨어 있을 때는 대부분 꼬리가 위로 치솟아 있다. 사람으로 치면 아마 '웃상'일 것이다. 방에서 쉬다가도 잠을 자다가도 내가 이름을 부르면 "야옹" 대답하며 꼬리를 높이 치켜세우고 쪼르르 옆으로 다가온다. 그런 모습이 강아지 같기도 하고 어떨 땐 해맑게 웃으며 달려오는 어린아이 같아 보이기도 한다.

토리의 감정이 꼬리에 솔직하게 드러나듯 나 또한 표정을 잘 숨기지 못한다. 나는 좋고 싫은 감정이 얼굴에 그대로 드러난다. 그래서 때로는 친구들에게 표정 관리 좀 하라고 주의를 듣기도 한다. 평소 표정이 차가워 보인다는 말을 자주 듣는데, 혼자 있을 때는 항상 이런저런 생각에 잠겨 있다보니 남들 눈에는 뭔가 심각해 보이거나 사연이 있는 사람처럼 보이는 것 같다. 내가 만약 고양이라면 평소 나의 꼬리 모양은 어떨까. 아마 공상에 푹 빠져 있느라 꼬리를 이리저리 휙휙 흔들고 있을 것이다. 얼굴도 꼬리 표정도 혼자 심각한 시니컬한 고양이의 모습을 떠올리니 웃음이 나온다.

지금도 굳은 표정을 하고 골똘히 생각에 잠겨 글을 쓰고 있는 나. 그런 내 옆을 자꾸만 어슬렁거리는 토리는 오늘도 역시 꼬리 안테나를 높이 세우고 나를 향해 신호를 보내고 있다.

"놀자! 빨리 끝내고 나랑 놀자!"

꼬리 안테나 수신 양호!

내 기분이 궁금하면 얼굴 말고 꼬리를 봐라냥

언제나 위풍당당한 토리 꼬리

우다다 타임

고양이를 키우는 집사들이 가진 몇 가지 고충 중 하나는 바로 '우다다 타임'일 것이다. 고양이는 야생에서 살던 본능이 남아 있기 때문에 집에서 생활하는 고양이라 할지라도 하루 일정 시간은 사냥놀이로 에너지를 충분히 해소시켜줘야 한다. 그러지 않으면 해소되지 못한 활동 에너지를 쓰기 위해 늦은 밤 시간에 온 집 안을 정신없이 뛰어다닌다. 꼭 그게 아니더라도 고양이들은 야행성동물이라 보통 낮 시간에는 잠을 자고, 집사들이 잠을 자는 늦은 밤이나 새벽에 일어나서 열심히 뜀박질을 하곤 한다. 집사들이 잘 때마다 고양이들은 대체 무슨 일을 벌이는 건지 집

안 살림들을 다 부수는 건 아닌가 싶을 정도로 한바탕 소란을 피운다. 이게 바로 우다다 타임이다.

나는 잠귀가 밝은 편이라 자다가 작은 소리가 들려도 곧장 잠에서 깬다. 그래서 토리와 함께 지내기 시작한 초반에는 이 우다다 타임에 적응하느라 꽤나 애를 먹었다. 처음엔 "그만 좀 자!" 하면서 호통치기도 해보고, 이어폰으로 귀를 막아보기도 하고, 방문을 닫고 자보기도 했지만 별 효과는 없었다. 오히려 더 온갖 기상천외한 방법으로 관심을 끌어 결국엔 나를 자리에서 일어나게 만들었다. (나는 고양이가 이렇게 똑똑한지 이때 처음 알았다.)

나중 가서 터득하게 된 것이지만 이 우다다 타임에 효과적으로 대처하는 방법은 자기 직전에 한바탕 열심히 놀아줌으로써 에너지를 쓰게 하는 것이다. 하지만 이렇게 해도 뛰어다닐 때가 있는데 그럴 때는 그냥 무시하는 게 답이다. 실제로 우다다 타임이 한번 시작되면 일어나서 참견하고 억지로 에너지를 해소시켜주는 것보다 가만히 모른 척하고 잠을 잘 때 더 빨리 진정되고 얌전해졌다. 그래서 지금은 우다다 타임이 찾아올 때마다 그냥 속으로 '또 시작이네' 생각하고 잠을 잔다. 그러면 토리도 금방 얌전해져서 내 옆으로 와서 조용히 눕는다.

우다다 타임은 집사 입장에서는 번거롭고 귀찮을 수 있지만, 고양이만의 귀엽고 장난스러운 매력이 돋보이는 본능이 아닌가 싶다.

전광석화!!!!!

한번 뛰기 시작하면 카메라로는 절대로 따라갈 수 없는 토리

어느 순간 조용해져서 보면
이렇게 뻗어 있다

냥춘기

2024년 현재 토리의 추정 나이는 네 살(태어난 날을 정확하게 모르기 때문에 병원에서 알려준 추정 나이로 계산하고 있다). 사람으로 치면 나와 비슷한 20대 후반이겠지만, 고양이로서는 한창 에너지가 넘쳐 말썽을 부리고 떼를 쓸 나이다. 그래서 그런지 요즘 토리는 그 어느 때보다 고집을 피운다. 작업하느라 놀아주지 못할 때면 주변을 어슬렁거리며 "애옹애옹" 놀자고 계속 떼쓰고, 그것도 안 통하면 나를 때리고 도망을 간다든가 책상 위로 올라와 자꾸만 컴퓨터 모니터 앞을 지나다니며 방해한다. 이렇게 관심이 필요할 때는 괜히 물건을 떨어뜨리기도 하고 우다다

다 집 안을 뛰어다니면서 사고를 친다.

예전에는 양치도 잘했는데 이제는 칫솔만 봐도 바로 등을 돌리고 방 안으로 줄행랑칠 때가 많다. 그러면 한바탕 추격전을 벌이다가 꼼짝없이 잡혀서 강제 양치를 하곤 한다. 발을 닦을 때도 얌전히 발을 내주기는 하지만 자꾸만 싫다고 "오애애앵" 소리를 내며 떼를 쓴다. 꼭 네 살짜리 아이가 양치도 싫고 씻는 것도 싫다고 발버둥 치며 투정을 부리는 것만 같다. 요즘 들어 자꾸만 지저분한 현관으로 나가려 하고, 밥을 다 먹지도 않고 간식을 달라고 떼쓰는 등 그야말로 '냥춘기'가 온 게 아닐까 하는 생각이 들 정도로 날로 고집이 세지고 있다. 원하는 건 어떻게든 하고야 말겠다는 똥고집 때문에 한바탕 토리와 기싸움을 벌이기도 한다. 자꾸만 떼를 쓰고 고집을 부려서 혼이라도 나면 토리는 화장실로 뛰어 들어가 괜히 모래를 박박 긁으며 화풀이를 한다. 힘은 또 얼마나 센지 특대형 크기의 화장실인데도 모래를 화장실 밖으로 다 흩뿌려서 주변을 엉망으로 만들어놓는다. 사고를 치는 것부터 화풀이를 하는 것까지 사춘기 소년이랑 그렇게 똑같을 수가 없다.

선배 집사들에게 고민을 털어놓으면, 그것도 다 한때라며 그냥 조금만 더 참고 이해해주다보면 금방 또 차분해지고 의젓해지는 때가 온다는 답변이 돌아온다. 이렇게 에너지 넘치는 말괄량이 삐삐 같은 토리도 의젓해질 날이 올지 의문이다. 라이브 방송에서 구독자 집사님들과 이런 이야기를 하다보면 너도나도 냥춘기 시절의 고양이를 키우면서 고생했던 일화들을 털어놓는다. 어떤 집사님들은 "토리 정도면 양반이에요. 저희 집 애들은 벽지 뜯고 소파 긁고 병 깨뜨리고 아주 난리도 아니에요"라고 호소하기도 한다. 그런 에피소드를 들으면 나는 토리한테 고마워해야 하나, 생각하다가도 어느새 또 토리가 작은 사고들을 칠 때면 어김없이 목소리가 높아진다.

아이와 고양이를 동시에 키우고 있는 어떤 집사님은 고양이 키우는 것도 애 키우는 거랑 똑같다고 말씀하셨다. 정말 가끔씩 토리를 보면서 내가 진짜 아빠가 된 것 같다는 착각을 할 때가 있다. 부모가 된다면 이런 기분일까, 하면서 말이다. 부모의 심정을 감히 전부 헤아릴 수는 없겠지만, 이 세상의 사춘기 자녀를 키우는 모든 부모님, 그리고 냥춘기 고양이를 키우는 집사님들 모두 파이팅이다!

이해하려 하지 마라냥… 받아들여라냥

나 정도면 그래도 얌전한 편이라구

청개구리

토리는 처음 봤을 때만 해도 마냥 얌전하고 애교 넘치고 의젓한 모습이었다. 그런데 요즘 들어 냥춘기가 제대로 온 건지 청개구리처럼 반대로 행동할 때가 있다.

평소 '놀아줘' 버튼을 열심히 누르다가도 그 모습을 보고 싶어하는 지인이 집에 놀러 오면 버튼 근처로는 아예 다가가지도 않는다. 장난감 외에 다른 물건들을 함부로 건드리지 않는다고 토리를 칭찬하면 갑자기 관심도 없던 물건에 흥미를 보이며 일부러 보란 듯이 바닥으로 떨어뜨리기도 한다. 또 어느 날은 라이브 방송중에 한 시청자분이 "오늘은 토리가 버튼을 안 누르고 조용하네요"라고 하시기에, 내가 "그러게요, 오늘따라 토리가 조용하네요" 하고 대답했더니 토리가 보란 듯 일어나 열심히 버튼을 누르고 정신없이 뛰어다니기 시작한 적도 있었다. 그 후로 라이브 방송 시간에는 토리 앞에서 말조심하자는 우스갯소리가 오고 갔다.

고양이들의 청개구리 같은 특성과 관련해서는 집사들 사이에서 자주 공유되는 경험담도 있다. 어느 순간부터 키우는 고양이에게 외면당한 용품을 버리거나 중고마켓을 이용해 팔려고 마음먹으면 거짓말처럼 고양이가 그 용품들을 다시 사용하기 시작한다는 것이다. 그 이야기를 처음 들었을 때는 그냥 집사들끼리 주고받는 농담이라고 생각했었는데 실제로 경험하게 될 줄은 몰랐다.

유튜브 커뮤니티 매니저님께서 큰맘 먹고 토리에게 캣휠을 선물해주셨다. 토리는 한동안 캣휠에 관심을 보이고 열심히 타더니 시간이 지나자 조금씩 관심이 시들해지기 시작했다. 돌아갈 틈 없이 항상 그 자리에 가만히 서 있는 캣휠에는 점점 젖은 수건이나 옷가지들이 올라가기 시작했고, 그렇게 집사들이 우려하는 캣휠 건조대 엔딩을 보게 되니 매니저님께 죄송한 마음이 들었다. 그래서 토리에게 투정하듯 "너 이거 안 쓰면 다른 냥이한테 줘버린다?" 하고 지나가는 말로 툭 던지곤 했다. 그런데 정말 며칠 후부터 거짓말처럼 토리가 내 관심을 끌려고 할 때마다 캣휠을 타기 시작했다. 따로 특별한 훈련을 한 것도 아니고 억지로 타게 한 것도 아닌데 말이다. 이후로도 토리는 틈날 때마다 캣휠을 열심히 타고 있다. 지금 이 글을 쓰는 순간에도 거실에서 캣휠 돌아가는 소리가 들리고 있다.

내 말을 잘 듣다가도 꼭 한 번씩은 반대로 행동하는 개구쟁이 토리. 고양이는 정말 사람 말을 다 알아들으면서 일부러 모르는 척하는 걸까. 아니면 항상 긴장을 놓지 말라고 집사들을 나름의 방법으로 조련이라도 하는 걸까. 알 수도 이해할 수도 없지만 그게 고양이만의 거부할 수 없는 매력이라는 사실을 이제는 받아들여야 할 것 같다.

장난기 가득한 토리의 얼굴

뭐! 불만 있냥!!

습관

토리에게는 몇 가지 귀여운 습관이 있다. 첫번째는 하품이다. 토리는 쉬고 있다가 내가 다가가거나 나랑 눈이 마주치면 곧장 입을 쩍 벌리고 하품하곤 한다. 자연스럽게 나오는 하품이 아닌 어딘가 어색한 일부러 하는 하품. 나는 이 하품을 '가짜 하품'이라 부른다. 그렇게 가짜 하품을 하고 기지개를 한번 쭈욱 켜고는 나를 향해 꼬리를 세우고 쫄랑쫄랑 다가온다. 보통 이 패턴을 한 세트로 보여준다. 나는 토리가 열심히 그루밍하다가도 내가 다가가면 하품하는 모습이 귀여워서 일부러 토리 앞을 기웃거리며 관심을 끌기도 한다. 그러면 토리는 몇 번이고 턱이 빠져라 연속으로 하품한다.

두번째는 조금 위험한 습관이다. 토리는 여러 가지 방법으로 내 관심을 끌다가 통하지 않으면 갑자기 복층 계단 위를 우다다 뛰어올라가 난간 위에 척 하고 올라선다. 자칫 위험할 수 있는 방법으로 관심을 끌 때 나는 보통 반응하지 않고 무시한다. 그래서인지 토리는 나랑 단둘이 있을 때는 난간 위로 잘 올라가지 않다가 집에 다른 사람이 방문하면 꼭 그렇게 관심을 끈다. 토리의 갑작스러운 행동에 놀란 손님들은 그런 토리를 쳐다보며 감탄하고, 나는 그때마다 절대 쳐다보지 말고 관심도 주지 말라고 일러준다. 그러면 토리는 또 눈치채고 금방 시들해져서는 아래로 내려온다.

이야기하고 보니 토리는 관심을 끌기 위해 이 방법 저 방법을 시도하다 생긴 습관이 많은 것 같다. 그런 모습을 볼 때면 고양이는 사실 다 알고 일부러 행동한다는 말에 백번 동의할 수밖에 없다.

그래도 역시 내가 생각하는 토리의 가장 귀여운 습관은 마중 나오는 것이다. 외출이 조금 길어지는 날이면 토리는 어김없이 문 앞으로 쪼르르 달려와 콰당 드러누워 뒹굴면서 온몸으로 나를 반겨준다. 그때마다 너무 귀엽고 사랑스러워서 외투를 벗는 것도 잊고 토리를 쓰다듬으며 재잘재잘 수다를 떤다. 오늘 밖에서 뭘 하고 왔는지, 오는 길에 뭘 사 왔는지. 시시콜콜한 얘기들을 늘어놓는 동안 토리는 데굴데굴 바닥에 구르기도 하고, 뺨을 여기저기 부비적거리기도 하고, 궁디팡팡을 해달라고 엉덩이를 높이 들기도 한다. 그럴 때면 어린 자녀를 둔 부모들이 왜 퇴근길을 기다리는지 그 이유를 조금은 알 것 같기도 하다.

나의 사랑과 관심을 독차지하고 싶어하는 토리의 마음이 담긴 귀여운 습관들. 한번 몸에 밴 습관은 쉽게 고쳐지지 않듯 나를 향한 사랑도 영원했으면 좋겠다.

토리의 가짜 하품

토리의 진짜 하품

자, 다들 나한테 시선 집중!

집사와 토리의 동상이몽 1

집사 ———————————— 토리는 은근한 냥아치

요즘따라 토리의 장난기가 는 건지 가만히 있는 나를 때리거나 깨물고 도망가는 날이 많아졌다. 물론 올해 들어서 두 가지 작품의 원고를 동시에 쓰면서 영상 편집까지 하느라 집에 있으면서도 예전처럼 토리와 많이 놀아 주지 못하게 된 탓도 있다. 그런 내게 불만이라도 표출하는 건지 토리는 내가 작업에 집중하고 있으면 놀자고 떼쓰며 나를 부른다. 옹알옹알대며 관심을 끌어보고 버튼도 열심히 눌러보지만 반응이 없으면 다음 단계로 돌입하는데, 바로 때리고 튀기 작전이다.

컴퓨터 앞에 앉아 작업을 하느라 여념이 없는 내 주변을 조용히 맴돌면서 기회를 엿보다가 의자 팔걸이 위로 불쑥 튀어나오거나 팔걸이 아래로 솜방망이 같은 발을 내밀어 나를 탁 때리고 그대로 줄행랑친다. 나는 그 모습이 귀여워 잠시 한눈을 팔았다가 다시 정신을 차리고 작업에 집중한다. 그러다보니 이제는 때리는 걸로는 관심을 끌지 못한다는 걸 알았는지 본격적으로 깨물기 작전으로 넘어간다. 작업에 집중하다보면 나도 모르게 의자에 책상다리를 하고 앉는데, 토리는 의자 한쪽으로 삐져나온 내 엄지발가락을 마치 사냥감 잡듯 정확하게 노리고 콱 물고는 잽싸게 도망간다. 그러면 그때는 나도 자리에서 벌떡 일어나 우다다 토리 뒤를 쫓으며 한바탕 술래잡기를 하고 만다. 토리는 이제 그걸 놀이 패턴으로 인식했는지, 심심할 때면 그렇게 나를 때리거나 물고 도망간다.

이 방법도 통하지 않으면 사용하는 최후의 방법이 대놓고 방해하기 작전이다. 책상에 불쑥 튀어 올라와 내 물건들을 발로 툭툭 쳐서 바닥으로 떨어뜨리고는 장난감처럼 가지고 놀거나, 컴퓨터 모니터 앞으로 다가와 아예 몸으로 화면을 가려버린다. 어떻게 하면 강제로라도 관심을 끌 수 있는지를 정확하게 알고 방해하는데, 정말 그럴 때는 냥아치라는 말이 딱 떠오른다. 앉아서 책을 읽거나 작업할 때는 보란 듯이 책을 밟고 지나가거나 발로 키보드를 눌러 창을 꺼버리는 일도 빈번하다. 고양이는 다 알면서 일부러 그런다는 말이 괜히 있는 게 아니라는 생각이 들 정도로 정말 마음먹고 방해할 때는 평소 안 하던 짓, 하면 안 되는 것들만 골라서 한다.

하루는 토리의 버튼 호출과 여러 방해 작전을 무시하고 일에 집중했는데, 다음 날 약속 때 입으려고 일부러 빼서 깔끔하게 정리해둔 옷을 기가 막히게 찾아 바닥에 내팽개쳐뒀다. 토리는 귀엽고 사랑스럽지만 그만큼 말썽도 많이 부리는 은근한 냥아치이다.

관심 가져주지 않으면 냥냥펀치 날리고 도망가는 토리

내가 먼저 때리고 도망치면서 집사의 일을 방해한다는 말은 좀 억울하다. 여기에 대해서는 할 말이 많다. 집사가 나를 일할 때마다 시비 걸고 도망치는 냥아치처럼 말하는데 사실 이건 집사가 먼저 시작했다. 내가 얌전히 일광욕을 즐기며 낮잠을 자고 있는데 갑자기 뽀뽀 세례를 퍼붓거나, 설거지하는 집사를 얌전히 기다리고 있는데 히죽거리며 냅다 물을 튀기며 장난을 치고, 틈만 나면 내 몸을 주물럭거리며 질척거린다. 먼저 낮잠을 방해한 것도, 가만히 있는데 시비를 건 것도 전부 집사가 먼저 시작한 일이다. 나는 그런 집사가 괘씸해서 그대로 되갚아준 것뿐이다.

하루는 집사가 거실에서 나를 부르길래 나왔더니 어디로 숨은 건지 코빼기도 보이질 않았다. 철없는 집사가 또 무슨 장난을 하려는 건지 집 안을 돌아다니며 집사를 찾는데, 이놈의 집사가 화장실 문 뒤에 숨어 있다가 확 튀어나와 깜짝 놀라게 하는 게 아닌가. 그래놓고선 잔뜩 부푼 내 꼬리를 보고는 혼자 뭐가 그리 재밌는지 깔깔대면서 박장대소를 하는데 그 모습이 그렇게 얄미울 수 없었다. 그래서 나도 복수를 다짐했다. 집사보다 아주 몇 배는 더 바짝 약을 올려주겠다고!

때리고 튀기 작전은 그날부터 시작하게 되었다. 집사가 네모 어항(*토리

어 번역: 컴퓨터, 노트북) 앞에 앉아 있을 때는 완전히 무방비 상태가 되는데 그때만을 기다렸다가 슬쩍 뒤로 돌아가서 때리고 잽싸게 도망가면 그게 그렇게 재밌다. 몇 번 장난을 반복하면 참다못한 집사가 의자를 박차고 헐레벌떡 나를 쫓아오는데 그 스릴이 참 중독성 있다. 진짜 하이라이트는 그렇게 내 뒤를 쫓아오던 집사가 책상 모서리에 부딪혀 넘어지는 순간이다. 그때 짓는 그 우스꽝스러운 표정은 정말이지 잊을 수 없을 정도로 짜릿하다. 이 맛을 보려고 내가 고양이로 태어난 것 같다.

어쨌든 항상 내가 먼저 집사에게 시비를 걸고 방해한다는 것은 분명한 오해다. 그러니 나를 냥아치라고 부르지 않았으면 좋겠다. 사실 나보다 더 엉뚱하고 장난기 넘치는 관종은 바로 집사니까 말이다.

그래, 우리 둘 다 관종인 걸로 하자…

2장

토리라는 마법에 빠졌다

고양이처럼
살기

토리를 만나기 전의 나는 마음에 여유가 없었다. 불확실한 미래에 쫓기듯이 살며 작은 실수나 실패에도 쉽게 좌절하고 무너졌다. 욕심도 많고 야망도 커서 그런지 실패했을 때 돌아오는 실망도 그만큼 컸다. 토리를 만나기 불과 몇 달 전까지만 해도 나는 거의 폐인 그 자체였다.

내가 작가의 꿈을 품었을 때부터 오랫동안 준비한 웹툰 작품이 있었는데, 정말 마지막 도전이라 생각하고 그림작가 한 분과 협업을 진행했다. 중간중간 그림작가님의 개인 사정으로 어려움을 겪기도 했지만 옆에서 끊임없이 격려와 설득을 하면서 겨우 작업을 이어나갔다. 그렇게 고비를 넘겨가면서 1년 동안 열심히 준비했고, 작품을 제출하기로 한 공모전 마감 날짜가 이틀 앞으로 다가왔다. 그런데 그림작가님이 돌연 아무 연락도 없이 잠수를 타버리고 말았다.

결국 작품을 제출해보지도 못하고 1년이라는 시간이 통째로 날아가버렸다. 이번 일이 처음이었으면 금방 털고 일어날 수도 있었겠지만, 이전에도 이런 일을 숱하게 경험해왔기에 충격과 실망이 더 컸다. 수석, 차석을 연속으로 차지하면서 열심히 다니던 대학도 중퇴하고 몰두할 만큼 열심히 준비했는데, 거의 6~7년의 세월이 아무것도 남지 않고 날아가버렸다고 생각하니 너무 속상하고 괴로웠다.

나와 함께 대학을 다녔던 친구들은 하나둘씩 졸업하고 취업하며 자리를 잡아가는데, 나는 이룬 것 하나 없이 제자리를 맴돌고 있다는 생각에 회의감만 가득했다. 그 때문인지 자존감도 바닥을 치고 더이상 무언가를 해낼 자신이 없었다. 매일 우울감과 무기력감에 빠져 아무런 의욕 없이 말 그대로 숨만 붙어 있는 상태였다. 그러다 간신히 정신을 차리고 일단 뭐라도 해보자, 하는 심정으로 조금씩 회복해나갈 무렵 토리를 만나게 되었다.

토리와 함께 살면서 생긴 가장 큰 변화는 바로 마음의 여유를 되찾았다는 것이다. 물론 귀여운 토리가 옆에 있기만 해도 힐링이 된다는 점도 있지만, 토리를 가만히 지켜보면서 마음속 여유가 얼마나 중요한지를 다시금 깨닫게 되었다. 결코 서두르는 법 없이 천천히 그리고 느리게 걷는 걸음걸이, 무심한 것 같지만 너무나 평화로워 보이는 얼굴 표정, 어떤 공간이든 자유롭게 드나드는 유연한 몸과 자세. 어떻게 보면 고양이 자체가 '여유'라고 할 수 있을 정도로 토리의 삶에는 여유가 흘러넘친다.

그런 토리를 보면서 나도 조금씩 마음의 여유를 되찾기 시작했고, 주변 사람들이 먼저 알아볼 정도로 표정이 밝아졌다. 나는 그렇게 아직 오지 않은 미래를 걱정하며 살기보다 오늘 나에게 주어진 하루에 최선을 다하는 데 초점을 맞추기 시작했다. 마음속 한 줌의 작은 여유가 어떠한 상황에서도 나를 지킬 수 있는 힘인 것 같다. 그래서 앞으로 이러한 여유를 마음 한구석에 지키고 살아가기로 다짐했다. 고양이처럼 살금살금 하루를 걸으며 말이다.

나랑 같이 낮잠 때릴 사람 손… 아니 발 들어!

이런 게 바로 여유 아니겠냥

집돌이 1

나는 원래도 집 밖으로 잘 나가지 않는 집돌이였지만, 토리를 만난 후 더 업그레이드된 집돌이의 삶을 살고 있다. 고등학생 때까지만 해도 지금의 MBTI와 정반대였을 정도로 활발하고 외향적인 에너지를 가진 사람이었는데 어느 순간부터 점점 성격이 내향적으로 변해갔다. 작가의 꿈을 꾸고 작품을 준비하기 시작하면서부터 홀로 집에서 여러 상상을 하고 글 쓰는 일만 반복하다보니 아무래도 환경적인 영향을 많이 받게 됐다. 사람이 많고 시끄러운 곳 대신 조용하고 한적한 곳을 찾게 됐고, 활동적인 것보다 정적인 것을 좋아하게 된 것이다.

토리를 만나기 전에는 한 번씩 원인을 알 수 없는 공허함과 우울감에 빠지곤 했다. 그러다보니 가족이나 주변 지인들이 내 모습을 보고 걱정을 많이 했었다. 하지만 토리를 만나고부터는 토리가 곁에 있으니 외롭거나 지루할 틈이 없어졌다. 예나 지금이나 집돌이라는 사실은 변함이 없지만 마음의 안정을 찾게 된 지금은 토리와 함께 단둘이 집에 있는 시간을 더 오롯이 즐기게 되었고, 오히려 주변에서 부러워할 정도로 안정감 있는 집돌이가 되었다. 집이라는 건 물리적인 공간의 의미보다도 심리적인 안정감을 찾을 수 있는 공간으로서의 의미가 더 큰 게 아닌가 싶기도 하다.

토리는 집에서 쉴 때 사람처럼 배를 보이고 '大' 자로 뻗어 누워 있곤 하는데 그 모습을 볼 때마다 토리에게도 집이 주는 안정과 편안함이 정말 크구나, 하는 생각을 한다. 토리는 길 출신이었기 때문에 거리 위의 위험에 언제 노출될지 몰라 항상 긴장하고 살았을 것이다. 밥을 먹을 때도, 잠을 잘 때도, 잠시 쉴 때조차도 안전이 보장되지 않는 길 위에서 산 하루하루는 생존을 위한 투쟁 그 자체였을 것이다. 하지만 지금은 그런 위험에서 벗어나 여유를 가지고 온전히 살게 되었으니 얼마나 마음이 편할까. 나도 그런 토리를 보면서 덩달아 안정감을 느낄 정도니 말이다.

사람이든 동물이든 집은 살아가는 데 있어서 가장 중요한 안식처와도 같다. 그 어떠한 간섭이나 방해 없이 가장 솔직한 모습으로 있을 수 있는 곳. 나는 그래서 집이 좋다. 무엇보다 귀엽고 사랑스러운 토리와 함께할 수 있는 집이기에 더욱 좋다. 앞으로도 나는 아마 토리와 함께 사는 동안만큼은 집돌이로 살지 않을까 싶다.

집에서 뒹굴거리는 게 제일 행복해

낮잠이나 실컷 자자구

넝쿨째 들어온 복덩이

평소 나의 생각이나 일상을 글이나 영상으로 기록하는 걸 좋아해서 유튜브 채널에 일상 영상을 일기처럼 남기곤 했었다. 그래서 토리를 처음 만난 날에 찍어뒀던 영상도 평소처럼 간단히 편집해서 업로드했다. 그런데 영상을 올리고 3주 정도가 지났을 때쯤, 갑자기 영상이 알고리즘을 타기 시작하면서 조회수가 엄청난 속도로 올라갔다. 정말 많은 사람이 우리의 첫 만남 이야기를 보게 되었다. 처음 겪는 일이라 당황스럽고 실감이 나지 않았다. 그러는 사이 구독자는 계속해서 늘어났고 하루아침에 나는 유튜버가 되어 있었다. 하지만 갑자기 쏟아지는 관심이 득

이 되느냐 독이 되느냐는 종이 한 장 차이일뿐더러, 그 한 끗 차이로 독이 되는 선례를 너무 많이 봐왔기에 이 흐름에 휩쓸리지 않기 위해 많이 경계하고 노력했다.

그럼에도 정말 감사한 것은 토리를 만난 이야기가 유튜브라는 매개체를 통해 많은 사람에게 전해지면서 여러 기회가 열리게 된 것이다. 우선 유튜브로 기대하지도 않았던 수익이 생겨났다. 그리고 대학 시절 과제를 통해 알게 되었던 매거진에서 토리와 나의 이야기를 소개하고 싶다는 연락이 와서 잡지에 우리의 소식이 실렸다(심지어 토리가 그달 발행된 잡지의 표지 모델이 되었다). 유튜브의 한 유명 뉴스 채널에도 우리의 사연이 소개됐다. 살면서 이런 일을 또 경험할 수 있을까 싶을 정도로 신기하고도 감사한 나날의 연속이었다. 무엇보다 캣맘 아주머니를 비롯해 내가 가장 힘들었을 때 곁에서 힘과 위로가 되어준 이들에게 작게나마 보답하고 감사를 전할 수 있는 여유가 생긴 것이 가장 감사했다. 혼자라면 절대 불가능했을 일들이 함께라면 가능하다는 사실을 깨닫게 된 소중한 경험이기도 했다.

토리를 처음 만난 날이 담긴 영상에 달린 댓글에서 종종 "집에 길고양이가 걸어 들어오면 복이 온대요" "고양이를 구해주면 반드시 은혜를 갚을 거예요"와 같은 다소 미신적인 글을 보기도 한다. 나는 그런 미신을 믿는 사람도 아니고 무엇을 바라고 토리를 입양한 것도 아니지만, 어쨌거나 토리는 정말 우리집에 넝쿨째 들어온 복덩이인 것은 확실하다.

나도 이제 스타 되는 거냥

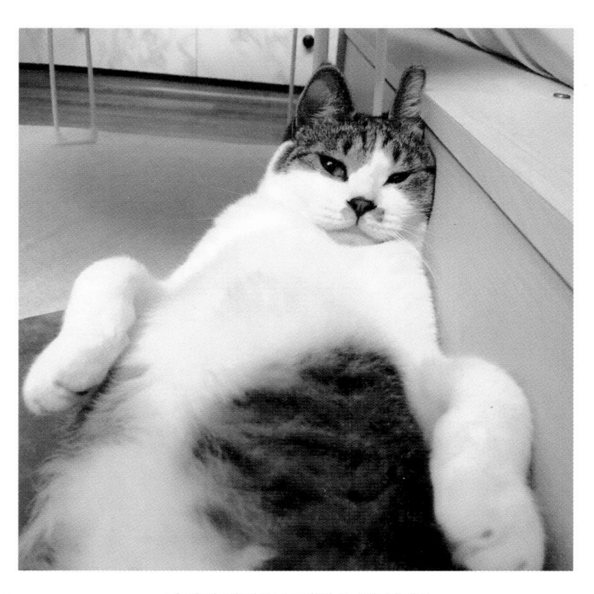

나처럼 귀여운 복덩이 본 적 있어?

토리가 바꾼 나의 시선

나는 원래 고양이에게 관심이 전혀 없는 사람이었다. '별로'가 아니라 '전혀' 없는 사람. 유튜브로 동물 영상을 찾아보는 사람도 아니었고, 가끔 알고리즘에 강아지와 관련된 영상이 뜨면 한 번씩 보는 정도였다. 특히나 길고양이에게는 편견을 가지고 있었기에 내가 고양이를 키우게 될 거라고는 정말 상상도 하지 못했다. 하지만 집사로 살고 있는 지금은 길을 가다가 길고양이들을 마주치면 걸음을 멈추고 "야옹" 하고 불러보거나 눈을 맞춰보기도 한다. 유튜브 추천 영상에는 고양이와 관련된 영상이 가득할 정도로 알고리즘도 바뀌었다. 토리를 만나고 고양이를 바라보는 내 시선이 완전히 바뀐 것이다. 작은 생명체 하나가 이렇게 한 사람 인생의 많은 부분을 바꾸고, 또 영향을 줄 수 있다는 게 참 신기하다.

세상에는 직접 겪어보지 않고는 알 수 없는 것이 많다. 아무리 나쁘다고 생각했던 것도 막상 마주하고 보면 좋을 수도 있고, 분명 좋다고 생각했던 것이 알고 보니 전부 허상일 수도 있는 것이다. 토리와의 만남은 나에게 그런 깨달음을 주었다. 내가 바라보고 믿었던 것들이 전부가 아닐 수 있으니 시선에 힘을 빼고 살아보라고. 무엇을 바라보든 마음을 열고 보라고. 토리를 만나기 전의 나는 좁은 시선으로 세상을 바라봤다. 내가 직접 보고 들은 것이 아니면 관심을 갖지도, 믿지도 않고 나와는 상관없는 다른 세상이라 여기며 살았다. 하지만 토리를 만나고 고양이에 대한 오해와 편견이 사라지면서 귀엽고 사랑스러운 고양이의 매력을 알게 됨으로써, 아직 내가 경험해보지 않은 것들을 너무 섣불리 판단해 미리 마음을 닫을 필요가 없다는 걸 깨달았다.

이러한 삶의 시선이 조금씩 바뀌기 시작하자 이전에는 없었던 마음의 여유가 생겨났다. 조금 늦어도 괜찮으니 돌아가보자는 작은 여유. 꼭 이번이 아니더라도 다음을 기다릴 수 있는 용기. 별것 아닌 것 같아도 이런 작은 여유가 오늘 하루를 살아감에 있어서 얼마나 중요한 것인지를 알게 되었다. 이전의 나는 뭐가 그리 조급하고 불안했는지 마치 오늘이 마지막인 것처럼, 지금이 아니면 전부 끝날 것처럼 매 순간 스스로를 채찍질하며 살아왔다. 그 시기를 지나고 보니 내가 얼마나 몸에 쓸데없는 힘을 잔뜩 주고 살아왔는지가 보였다. 그동안 나를 짓누르던 압박감은 어떠한 상황에서 온 것이 아니라 그 상황을 바라보는 나의 시선과 마음에서 비롯된 것이었다. 실패했기 때문에 좌절한 것이 아니라 실패했다고 생각했기 때문에 쓰러지고 넘어진 것이다. 상황이 어렵고 잘 풀리지 않더라도 다음을 기약할 수 있는 작은 여유만 있다면 그것은 좌절이 아닌 희망이 된다.

고양이에게는 수많은 매력이 있지만 그중 가장 고양이답다고 할 수 있는 매력은 바로 '여유로움'이 아닐까 싶다. 가끔 사고치고 실수해도 애교로 능청스럽게 넘어가는 표정과 태도를 보면 미워할 수가 없다. 항상 느긋하고 여유가 흘러넘치는 눈빛과 몸짓에는 보는 사람의 마음마저 녹게 만드는 마법 같은 힘이 있다. 만약 지금 삶이 너무 각박하고 힘들게 느껴진다면 이런 고양이의 여유로움을 조금 닮아보면 어떨까. 시선은 힘을 조금만 빼고 나른하게, 마음은 고양이 걸음 정도로만 가볍게.

인생 뭐 있냥! 단순하게 생각해라냥

나른할 땐 냥모나이트 자세가 최고

유튜버보다는 작가가 되고 싶어

나는 현재 정식적인 직업을 가지고 있지 않다. 누군가는 10만 유튜버 정도면 훌륭한 직업 아니냐고 말하지만 사실 나는 유튜버를 내 직업이라고 생각해본 적이 없다. 누군가 나의 직업을 물을 때도 내가 유튜버라는 사실을 알고 있는 사람이 아니면 굳이 먼저 얘기하지 않고 그저 작가 지망생이라고만 말한다.

오래전부터 내가 바라왔던 작가라는 꿈을 통해 인정받고 싶기도 하고, 내가 정말 열심히 노력해서 얻은 타이틀로 성취감을 누리고 싶기 때문이다. 물론 유튜브 채널에 토리와의 일상이 담긴 영상들을 기록해나가면서 많은 사람에게 알려지고 여러 기회가 생겼다는 것은 정말 감사한 일이다. 하지만 나의 온전한 노력보다는 유튜브 알고리즘에 의한 영향이 크다보니 스스로 직업이라 인정하기에는 애매하다는 생각이 들었다. 간혹 "고양이 잘 만나서 인생역전했네"와 같은 댓글을 보는데, 딱히 뭐라 반박할 수도 없는 말이라 괜히 마음 한구석이 불편했다. 그런 댓글들이 마치 무능력한 인간이 귀여운 고양이 덕분에 팔자가 폈다고 이야기하는 것만 같아 속상해서 상처받을 때도 있었다.

그렇기에 나의 노력과 힘으로 이뤄내고 인정받을 수 있는 목표와 꿈에 더 집착하게 된 면도 있다. 그 누구에게도 내가 이뤄낸 결과를 떳떳하게 보여줄 수 있도록 말이다. 그래서 유튜버로서 성공하고 싶은 마음보다 작가로서 성공하고 싶은 마음이 훨씬 더 크다. 내가 써내려간 이야기를 통해 사람들에게 시간이 지나도 잊히지 않는 소중한 위로와 감동을 주고 싶다. 그 간절한 마음가짐으로 나는 오늘도 여전히 조금씩 글을 써내려가고 있다. 나의 글이 많은 사람의 마음을 울리고, 잊고 있던 삶의 용기를 전해주는 상상을 매일 하면서 말이다. 모든 작가 지망생이 그렇겠지만 나도 내가 쓴 책이 서점에 진열되고 베스트셀러에 오르는 장면을 날마다 꿈꾼다. 정말 지금까지 수백 수천 번은 머릿속으로 그려봤을 것이다. 그 상상이 정말로 현실로 이루어진다면 그날은 아마 눈물이 마르도록 울지 않을까 싶다.

나는 작가라는 꿈을 품고 있지만 궁극적으로는 사람을 살리는 이야기꾼이 되고 싶다. 나의 필명인 '닥터하랑'도 그런 의미로 짓게 되었다. 반복되는 현실의 삶에 지친 이들, 삶의 용기를 잃은 이들, 어디로 가야 할지 삶의 방향성을 잃고 방황하는 이들에게 다시금 살아갈 힘과 용기를 주는 이야기를 선물하는 사람이 되는 것이 나의 꿈이다. 그렇게 결국에는 유튜브든 책이든 무엇이든 나의 흔적이 닿는 곳마다 따뜻한 위로의 메시지가 전해지기를 바란다. 그런 메시지를 전할 수 있는 유튜버, 작가가 될 수 있다면 더할 나위 없을 것이다.

위 오늘은 나도 책 좀 읽어볼까나　　**아래** zzz…

시선

나는 원래 남들의 시선을 크게 의식하지 않는 사람이었다. 남들이 나에 대해 어떻게 생각하든 묵묵히 내 생각과 태도를 일관되게 지켜나갔다. 그런데 내가 유튜브를 시작하고 몇 년이 흐른 지금, 예전과는 많이 달라진 나의 모습을 발견하게 되었다.

일주일에 한 번 유튜브로 라이브 방송을 하는데 종종 '하랑님, 오늘 ○○에 계셨었죠?' '오늘 □□ 지나가셨죠?' 하면서, 밖에서 나를 알아보신 시청자분들이 방송에 찾아와 인사를 해주시곤 한다. 물론 반가운 마음에 인사해주셨겠지만 이런 일이 생길 때마다 흠칫 놀라게 된다. 현장에서 인사하기엔 어려운 상황이었을 수도 있지만, 나의 입장에서는 얼굴도 모르는 누군가가 나를 지켜보고 있다는 걸 뒤늦게 알게 된 것이기 때문에 한편으로는 무서웠다. 내가 당시 어디에 있었는지, 뭘 하고 있었는지, 어떤 표정이었는지를 되돌아보며 오만가지 생각이 든다.

하루는 식당에서 식사를 하다가 커플로 보이는 남녀가 앉은 테이블에 있던 여성분과 눈이 마주쳤는데, 그분이 맞은편에 앉은 남성분에게 입모양으로 '맞네, 맞아' 하면서 고개를 연신 끄덕이는 모습을 봤다. 유튜브를 시작하고 나의 얼굴이 노출된 영상들이 알고리즘을 타면서 많은 사람에게 알려진 이후로 이런 일들이 종종 있었다. 누군가 나를 알아봐준다는 것은 기쁘고 감사한 일일지도 모르지만, 나도 모르는 사이 타인의 시선에 갇히게 되는 건 썩 좋지만은 않은 경험이었다. 내가 죄를 지은 것도 아닌데 사람들이 모여 있는 공간에만 가면 어느 순간 나도 모르게 위축되고 주변 눈치를 보기 시작했다.

익명의 대중이 모이는 온라인 공간에서는 그 누구도 악플을 피해 갈 수 없다. 나도 마찬가지다. 토리와 처음 만난 영상이 알려지기 시작했을 때부터 지금까지 얼굴도 모르는 사람들에게 종종 비난이나 욕설을 듣는다. 처음에는 가볍게 넘겼지만 시간이 지날수록 그 비수 같은 말들이 나도 모르는 사이에 내 마음 깊은 곳에 조금씩 쌓여가고 있다는 사실을 나중에 깨닫게 되었다. 그렇게 어느 순간부터인가 무의식중에 사람들의 시선이 두려워지기 시작했다.

'나를 나쁘게 생각하면 어떡하지?'

'혹시 속으로는 나를 욕하고 있는 게 아닐까?'

애써 무시하고 넘기려 했던 날카롭고 모진 말들이 내 머릿속을 쉴 새 없이 떠다니며 수시로 나를 위협하는 기분이 들었다. 어떤 날은 외출하기가 두렵기도 했다. 원래도 사람 많은 곳을 좋아하지 않았지만 더 불편하게 느껴졌다. 어렸을 때 친했던 동생 중에 굉장히 유명한 메이크업 아티스트가 있다. 동생이 한때 도를 넘는 악플로 몹시 힘들어하는 모습을 보게 되어 응원과 위로의 메시지를 보낸 적이 있다. 당시에는 그 친구의 심정을 제대로 헤아리지 못하고 막연하게 위로를 건넸는데, 이제는 그 마음을 조금이나마 알 것 같다.

간접적으로든 직접적으로든 남들에게 보여지는 것은 쉬운 일이 아니다. 나도 모르게 남들에게 판단이나 편견의 대상이 될 수도 있다. 물론 이 모든 것은 내가 선택하고 결정한 일이기에 스스로 책임지고 감수해야 한다는 것을 잘 알지만, 그럼에도 여전히 불안하고 걱정되는 부분이다. 부디 앞으로는 타인의 시선을 잘 감당해내고 웃어넘길 수 있을 만큼 마음의 벽이 더 단단해졌으면 좋겠다.

아빠! 내 뽀뽀 받고 힘내!

악플은 내가 다 지켜보고 있다! 용서 못 한다냥

고양이에 대한 편견

고양이와 함께 살다보면 알게 되는 고양이만의 매력이 있다. 보통 집에서 반려동물을 키우면 내가 돌보면서 키운다는 느낌이지만, 고양이는 그보다는 같이 산다는 느낌이 강한 것 같다. 반려동물보다는 룸메이트처럼 말이다. 서로 같은 공간을 공유하며 교감하지만 함부로 선을 넘는 일은 거의 없다. 항상 조심스럽게 서로의 감정을 살피고 천천히 다가가 그렇게 서로에게 조금씩 스며든다. 토리는 해도 되는 것과 하면 안 되는 것을 명확하게 알고 있어서 기특하다. 분명 알면서도 모르는 척 일부러 일을 저지를 때도 있는데 그럴 땐 얄미우면서도 귀엽다. 항상 나의 감정과 상황을 정확히 읽으면서 행동하는 것도 참 신기하다.

예전에는 건물 주변에서 밤늦은 시간에 날카로운 울음소리를 듣거나 어두운 골목 사이에서 나를 지켜보는 두 눈과 마주치면 무섭고 섬뜩해져서 고양이를 멀리 내쫓거나 피해 다녔다. 그런 길고양이들의 이미지 때문인지 나는 내가 고양이를 키우게 될 거라곤 상상도 못 했다. 그런데 토리를 처음 만난 순간부터 토리는 고양이에 대한 나의 선입견을 완전히 깨부쉈고, 토리와 함께 살게 되면서 선입견을 버릴 수 있었다. 고양이가 원래 이렇게 귀엽고 사랑스러운 동물이었나 싶을 정도로 그 매력에 푹 빠진 것이다. 원래 나와 어울리는 동물은 강아지라고 생각했고, 그래서 강아지를 좋아하고 키우고 싶어했던 내가 이렇게 토리와 행복하게 살고 있는 것을 보면 역시 사람 일은 한 치 앞도 모르는 것 같다.

나와 어울리거나 닮아 있는 것, 내가 하고 싶거나 보고 싶은 것만 곁에 두고 싶은 게 사람 심리일지도 모르겠지만 누구도 그렇게 살 수는 없다. 때로는 예기치 못한 상황에 부닥쳐 싫어하거나 피하고 싶은 것도 마주하게 되는 것이 우리의 오늘이고 내일이기 때문이다. 하지만 재밌는 건 그렇게 각자가 가진 편견이 하나씩 깨질 때 우리는 비로소 세상을 좀더 넓게 바라보는 시선을 가지게 된다. 그런 걸 보면 어쩌면 세상을 배운다는 건 편견을 하나씩 깨나가는 것일지도 모르겠다.

내 매력을 이제 알았냐옹?!

작가와 고양이

내가 작가의 꿈을 품고 나서 알게 된 사실이 하나 있는데, 작가들은 대부분 고양이를 좋아하거나 키우고 있다는 것이다. 물론 모든 작가가 그렇다는 것은 아니지만, 내 주위에서 반려동물을 키우는 작가님들 중 열에 여덟은 고양이를 키웠다. 그리고 프로필 사진에는 약속이라도 한 것처럼 빠짐없이 고양이 사진이 걸려 있었다. 왜 작가들이 고양이에게 그렇게 푹 빠져 있는 건지 당시 나로서는 이해가 안 갔다. 처음에는 그저 우연이겠거니 하고 지나쳤지만 새로운 작가님들과 인연이 닿아 만나게 될 때마다 덩달아 새로운 고양이들을 함께 알게 되었다. 그래서 작가와 고양이, 마치 공식처럼 이어져 있는 이 기묘한 인연에 자꾸만 물음표가 떠올랐다.

그래서 하루는 고양이를 키우고 있는 작가님 집에 놀러 갔다가 궁금증을 참다못해 왜 작가들은 고양이를 그렇게 좋아하는 거냐고 물어봤다. 작가님은 이런 질문은 처음이었는지 당황한 듯 잠깐 고민하시다가 "음, 아무래도 심신 안정에 도움이 많이 되죠. 귀엽기도 하고요. 귀엽지 않아요?" 하고 나에게 반문하셨다. 당시 나는 고양이에게 매력을 못 느꼈기 때문에 그저 예의상 미소를 지으며 "네, 너무 귀여워요" 하고 별 감정 없이 고양이를 조심스럽게 쓰다듬어줬다.

언젠가 반려동물을 키울 만한 여건이 되면 꼭 강아지를 키우겠다고 다짐했었다. 품종은 리트리버, 이름은 하늘이. 꽤나 디테일한 부분까지 미리 정해두면서 말이다. 그런데 이게 웬걸. 무슨 운명의 장난인지 모르겠지만 어쩌다보니 나 역시 어느새 고양이를 키우고 있다. 이쯤 되면 작가와 고양이는 떼려야 뗄 수 없는 어떤 끈끈한 운명의 끈으로 이어져 있는 건 아닌가 하는 생각까지 든다. 아니면 사실 작가가 되기 위해서는 집사가 되는 관문을 거쳐야 하는 어떤 비밀스러운 법칙 같은 게 있을지도…….

토리와 함께 지내면서 작가들이 왜 고양이를 키우는지 그 이유를 조금은 이해하게 되었다. 상대적으로 홀로 작업하는 시간이 많고 외부 활동이 적은 직업 특성상 집에서도 높은 집중력이 요구되는데, 고양이의 독립적인 성향이 서로의 시간과 공간을 크게 방해하지 않고 배려가 필요한 환경에 최적화되어 있기 때문이 아닌가 싶다. 서로의 영역을 존중하고 배려하는 환경은 정말 중요하다. 함께 생활하는 공간을 자칫 함부로 사용하면 서로에게 피해를 줄 수 있기 때문이다. 서로의 시간과 공간을 배려하고 각자의 영역을 존중해주는 작가와 고양이의 관계가 어떻게 보면 사무적이고 딱딱해 보일 수도 있겠다. 하지만 좁힐 듯 좁혀지지 않으면서도 밀당하듯 일정하게 유지되는 거리의 텐션이 고양이에게 더 매력을 느끼게 하는 걸지도 모르겠다.

그리고 고양이에게서는 마치 문학적 감수성 같은 '은근함'이라는 분위기가 느껴진다. 예를 들자면 평소 나에게 호감 표시를 하던 누군가의 직설적인 고백이 아닌, 그보다는 자꾸만 눈이 마주치며 신경쓰이게 만드는 처음 보는 누군가의 묘한 시선이랄까. 매 순간 이런저런 상상에 잠겨 있는 작가들에게 그런 오묘

하면서도 은근한 매력만큼 끌리는 것은 없다. 그래서 작가들이 유독 고양이의 매력에 흠뻑 빠지는 게 아닐까 하는 생각이 든다.

고양이들은 가끔씩 허공을 바라보거나 먼 곳을 보면서 멍하니 있는데 이러한 모습도 사유하고 상상하는 게 일인 작가들의 모습과 닮아 있어서 더 동질감을 느끼는 것 같기도 하다. 실제로 많은 작가가 작업 도중 반려묘의 행동을 가만히 관찰하다가 번뜩이는 아이디어를 얻는다고 한다. 주위에서 뭘 하든 신경쓰지 않고 하고 싶은 대로, 자신의 템포대로 묵묵히 길을 걸어가는 고양이의 모습을 보며 작가들은 자신을 되돌아보기도, 잃어버린 용기를 되찾기도, 휘청거리던 마음을 다잡기도 한다.

서로에게 시너지가 되어주는 둘도 없는 파트너이자 룸메이트 그리고 소울메이트인 작가와 고양이. 어쩌면 작가는 고양이와 만난 순간부터 함께 살아가는 모든 시간 동안 '고양이'라는 마법에 빠진 사람이 아닐까.

오늘은 내가 글을 써주겠다냥! 집중!

에잇 귀찮아.
그만하고 놀면 안 되냥?

내 취미는 독서

요즘 나는 책의 매력에 푹 빠져 있다. 1년 전까지만 해도 글을 쓴다는 핑계로 다른 책들을 잘 읽지 않았는데, 집필 흐름이 조금씩 막혀가던 시기에 우연히 읽게 된 소설 한 편이 물꼬를 트게 만들었다. 처음에는 집필 과정중에 다른 책을 읽으면 문체든 표현 방식이든 나의 글에 영향이 가고 그로 인해 글이 변질될 수 있다는 걱정이 컸다. 하지만 평소 좋아하는 작가가 쓴 글쓰기 노하우를 담은 작법서에서 그럴수록 장르 불문 다양한 책을 읽어보라는 조언을 얻게 되었다.

이후 나는 한 번씩 서점에 가서 여러 코너를 둘러보며 그때그

때 마음에 드는 책을 구입해 읽기 시작했다. 어떤 날은 표지가 끌리는 책, 또 어느 날은 소재가 참신해 보이는 책, 아니면 아예 평소 잘 읽어보지 않았던 장르의 책을 말이다. 그렇게 다양한 책을 읽다보니 시야가 조금씩 넓어지는 기분이 들었다. 평소 내가 보지 못했던, 느끼지 못했던, 생각하지 못했던 것들을 간접적으로 경험하게 되면서 어느 순간 나도 모르게 그 시간을 즐기게 되었다.

책에는 다양한 이야기가 담겨 있고, 그 이야기 안에는 누군가의 인생이 스며 있다. 그렇기에 우리는 책을 통해 다른 이들의 삶을 들여다보며 그들과 생각을 공유하고 그들의 감정을 함께 느낀다. 감히 헤아릴 수조차 없는 수많은 시간을 한 권으로 압축된 책이라는 세상 속에서 마주한다는 것은 정말 매력적인 일이다. 그래서 요즘 나에게 있어 최고의 힐링은 독서이다. 토리도 그 시간을 함께하고 싶은 건지, 아늑한 다락방 소파에 앉아 이불을 덮고 책을 보고 있으면 토리가 다가와 내 무릎 위에 살포시 앉는다. 그렇게 토리와 함께 책을 읽고 있으면 아직 겪어보지 않은 미지의 세계, 책이라는 우주 속을 나란히 마음껏 유영하는 것만 같은 기분이 든다.

책을 집중해서 읽다가 정신을 차리면 토리는 어느새 새근새근 잠에 빠져 있다. 그럴 때면 읽던 책을 잠시 멈춰두고 토리의 머리를 쓰다듬으며 작은 소리로 "무슨 꿈 꿔?" 하고 묻곤 한다. 그러면 토리는 대답 대신 숨을 한번 쉬익 내쉬면서 꼼지락 몸을 뒤척이고는 다시 꿈나라로 돌아간다.

오늘도 나는 책을 읽는다. 토리는 내 무릎 위에서 나른한 잠에 빠진다. 그렇게 우리는 나란히 상상의 우주 속을 헤엄친다.

나는 책만 보면 잠이 온다구…

무릎을 베고 누우면 ✤

✤ 제목은 아이유의 노래 〈무릎〉에서 가져왔다.

토리는 내 무릎을 참 좋아한다. 내가 의자에 앉아 있든 소파에 앉아 있든 떨어져 있다가도 금방 쫓아와서 내 무릎을 차지하고 앉는다. 빼빼 마른 집사 다리 위에서 자는 게 불편하지도 않은지 먼저 내려보내기 전까지는 그렇게 몇 시간이고 무릎 위에 똬리를 틀고 누워 있는다. 다리를 밑으로 내리고 앉으면 조금씩 움직일 때마다 토리가 미끄러져서 결국 책상다리를 하고 마는데 이제는 그게 습관이 되어버렸다. 토리도 그 자세를 마음에 들어하는 것 같다.

무릎은 사랑을 가장 친숙하게 느끼는 부위이다. 우리는 친근

함이나 애정을 느끼는 대상에게 무릎을 내어주거나 빌리곤 한다. 엄마 무릎을 베고 누워 잠에 들기도 하고, 사랑하는 연인에게 무릎을 내어주고 시시콜콜한 대화를 나누기도 한다. 너무 멀지도 그렇다고 너무 가깝지도 않게 붙어서 서로의 온기를 적당히 그리고 오롯이 느낄 수 있는 무릎. 그 무릎이 주는 따스함은 사람에게도 동물에게도 동일하게 전해지는 것 같다. 토리도 그 따스함을 알기에 내 무릎을 찾는 것이라 믿는다.

가수 아이유의 〈무릎〉이라는 노래를 자주 듣던 시절이 있었다. 특히 후렴구의 가사가 좋아 흥얼거리곤 했었는데, 노래를 듣고 있으면 사랑하는 이의 무릎을 베고 누워 스르르 잠이 드는 고즈넉한 풍경이 절로 떠오른다. 토리에게 나의 무릎은 그런 공간일까? 아무 고민도 걱정도 없이 몸을 맞대고 누워 그저 시간이 이끄는 대로 끌려가듯 편안히 몸과 마음을 기대어 쉴 수 있는 곳. 나의 무릎이 토리에게 그러하듯이 토리 역시 나에게 무릎 같은 존재다. 내가 힘들 때든 기쁠 때든 솔직한 모습 그대로 기댈 수 있고, 편안히 맞붙어 온기를 나누는 것만으로도 마음의 짐을 덜 수 있는 토리가 내 곁에 있어 행복하다.

아빠 무릎이 제일 따뜻해

흠냐… 베개가 뭐 이리 딱딱하냥

침대 위의 껌딱지

잠자리에 예민한 편이라 누군가와 함께 붙어 자는 것보다는 혼자 자는 것을 좋아한다. 몸에 열이 많아 바로 옆에 누가 붙어 있으면 금방 더워져서 잠을 제대로 못 자기도 하고, 뒤척이는 움직임에도 쉽게 깨기 때문에 되도록 혼자 자는 편이다. 토리도 예외는 아니었다. 토리와 함께 살게 된 지 얼마 지나지 않았던 어느 날, 내가 눕기 전에 토리가 침대 위에 올라와 있기에 함께 자려고 시도해봤다. 하지만 혹시라도 내가 자다가 토리를 몸으로 누르면 어쩌나 하는 걱정에 신경이 쓰이기도 하고, 자꾸만 내 자리를 침범하는 토리 때문에 제대로 잘 수가 없었다. 결국 잘 때만큼은 따로 자기로 하고 수면 공간을 분리했다.

하루는 아침에 일어나보니 토리가 바로 옆에서 '大' 자로 뻗은 채 곤히 자고 있었다. 방문이 제대로 안 닫혔는지 토리가 문을 열고 들어온 것이다. 시간이 지나면서 토리가 침대 위로 올라오는 날이 많아졌고, 어느 순간부터는 나도 의식하지 못할 정도로 너무나도 자연스럽게 같이 누워 자게 되었다. 지금은 내가 침대에 누우면 토리도 따라 올라와 열심히 이불 위에서 꾹꾹이를 하다가 내 옆에 딱 붙어 잠을 잔다. 그러다보니 이제는 잘 때 토리가 옆에 없으면 허전해서 내가 먼저 토리를 부르는 지경에 이르렀다.

아무에게도 방해받지 않고 혼자 편하게 자는 걸 좋아했던 나였는데, 지금은 오히려 토리가 없으면 잠자리가 어색하게 느껴진다. 공포영화라도 본 날에는 다른 곳에서 쉬고 있는 토리를 침대로 데려올 때도 있다. 자기 전 옆에서 꼼지락대며 뒤척이는 그 자그마한 움직임이 얼마나 귀엽고 사랑스러운지, 덕분에 혼자 히죽히죽 웃으면서 기분 좋게 잠자리에 들고는 한다. 가끔 토리가 심심해할 때면 자야 할 시간에도 바로 침대 위로 올라오지 않고 집 안을 어슬렁거리거나 뛰어다니면서 장난감을 가지고 혼자 논다. 그럴 때면 나는 "그만하고 빨리 이리 와. 같이 자자" 하면서 토리를 설득한다.

토리는 아침에 눈을 뜨는 순간부터 밤에 잠이 들 때까지 내 옆자리를 든든하게 지킨다. 아침에 자동 급식기에서 밥이 나오면 내려가서 밥을 먹고 다시 침대 위로 올라와 열심히 그루밍으로 몸단장을 하고 내 옆에서 곤히 잠을 잔다. 처음엔 이런 일상이 별것 아니라 생각했지만 그 시간들이 나에게는 안정제나 다름없었다. 어떤 고민이나 걱정거리가 있어도 토리와 몸을 맞대고 있으면 편안하게 잠들 수 있고, 기분 좋게 일어날 수 있다.

날마다 내 마음에 포근한 이불을 덮어주는 토리야, 오늘도 같이 잘래?

전지적 집사 시점 1

전지적 집사 시점 2

가장 보통의 삶

사람은 누구나 마음속에 작은 구멍이 있다. 그 구멍은 평소에는 보이지 않을 만큼 작지만 어느 날 갑자기 걷잡을 수 없이 커져서 다른 모든 감정을 집어삼키기도 한다. 나는 그걸 공허함이라 부른다.

한동안은 공허함에 빠져 살았던 적이 있다. 뭘 먹어도 누굴 만나도 애를 써서 별짓을 다 해봐도 내 마음은 채워지지 않았다. 오히려 점점 더 깊은 늪 속으로 빠져들기만 했다. 하지만 내 마음을 지키는 법을 알게 된 후부터 이따금씩 나를 옭아매던 공허함이 조금씩 작아지기 시작했다. 그리고 토리를 만나고 함께 살아가는 지금, 항상 마음 한구석에 있던 그 구멍은 거의 메워졌다. 볼품없고 보잘것없는 하루라고 비관했던 나의 일상은 이제 평범하지만 가장 특별한 오늘이 되었다. 한때 채워지지 않는 공허함에 빠져 허우적거리던 날들, 그 시간이 지나고 돌아보니 알게 되었다. 공허함은 나 스스로가 키우고 있었다는 것을.

어린 시절의 나는 스스로를 다른 사람들과 다른 특별한 존재라고 생각했다. 그래서인지 꿈도 크게 꿨고 항상 자신감이 넘쳤으며 남들보다 빠르게 성공할 것이라 굳게 믿었다. 하지만 현실은 남들과 다를 것 하나 없는 지극히 평범한 삶에 불과했다. 시간이 흐르고 커갈수록 내가 꿈꿔온 이상과 다르게 현실의 벽은 너무 높았고, 그 벽에 부딪혀 넘어지기를 수십 번 반복했다.

작가의 꿈을 품은 이후 매일 성공한 나의 모습을 상상했다. 내 작품이 서점 베스트셀러 코너에 진열되고, 드라마화 혹은 영화화가 되고, 방송사 이곳저곳에서 인터뷰가 쏟아지는 상상들. 하지만 현실은 연이은 공모전 낙방에 투고 반려만 거듭되었다. 반복되는 실패와 좌절에 조금씩 현실을 인정하고 받아들이기 시작했을 무렵에는 의욕도 열정도 모두 잃어버렸다. 무엇보다 그토록 내가 부정하고 싶었던 모습, 꿈만 거창하고 망상에 사로

잡혀 사는 만년 작가 지망생이 바로 나라는 사실이 견디기 힘들었다. 처음에는 그 현실을 인정하기가 너무 괴롭고 힘들었지만 시간이 지나면서 점차 자연스럽게 받아들이게 되었다. 그렇게 스스로 힘을 빼기 시작했고 조급해할 것 없이 나의 속도대로 천천히 가보기로 했다.

그러자 항상 무언가에 쫓기듯 달려왔던 내 마음이 원래의 자리를 되찾기라도 한 것처럼 한결 편안해졌다. 그리고 그 무렵 토리를 만나면서 나는 더욱 안정감 있는 삶을 살게 되었다. 그렇게 조금씩 마음의 여유를 찾기 시작하면서, 성공에 집착하고 남들과 다른 어떤 특별한 모습에 얽매였던 과거를 되돌아보게 되었다. 여유 없이 목표만 바라보고 조급하게 달리던 시절을 돌아보니, 내가 그토록 바라왔던 특별함 그리고 성공이란 것은 스스로 만든 환상일지도 모른다는 생각이 들었다. 내가 지금 가지지 못한 것들에 대한 욕심, 욕망을 꿈이라는 핑계로 그럴듯하게 포장하고 있었던 것이다.

이 세상 어떤 것이든 바라보는 시선에 따라 얼마든지 특별해질 수도 있고 평범해질 수도 있다. 중요한 것은 내 마음가짐이다. 아무리 특별한 것도 내가 하찮다고 생각하면 그것은 보잘것

없는 것이 되어버리고, 아무리 작고 평범한 것이라도 소중하다고 생각하면 그것은 세상 어떤 것보다 특별한 존재가 된다. 토리와 나의 만남이 그랬다. 보잘것없는 백수 작가 지망생과 그저 하루를 생존하기 바빴던 평범한 동네 길고양이. 지극히 평범한 우리가 만나 서로에게 그 무엇보다 특별하고 소중한 존재가 되었다. 토리를 만난 이후 나의 평범한 하루는 그 어떤 날보다도 소중하고 특별한 날이 되었다.

시선만 조금 바꾸어도 참 많은 것이 달라진다. 어쩌면 인생이란 평생 동안 삶의 시선을 조금씩 다듬어가는 과정이지 않을까? 여전히 내 마음도 시선도 완벽하지는 않고 마음속에서 사라지지 않는 공허함이라는 구멍이 또 언제 다시 커질지 모르지만, 더이상 찰나의 외로움이라는 거짓된 감정에 속지 않을 것이다. 언제나 그렇듯 금방 또 지나갈 바람 같은 공허함에 흔들리지 않는 법을 이제는 알기 때문에.

화려하지 않아도 조금은 느려도 가장 보통의 평범한 일상이 나에게는 특별하고 소중하다. 삶이란 가장 평범한 보통의 하루 속에서 특별한 존재들을 하나씩 발견해내고 그 의미를 찾는 시선과 마음가짐을 배워가는 과정일지도 모르겠다.

행복은 멀리 있는 게 아니다냥

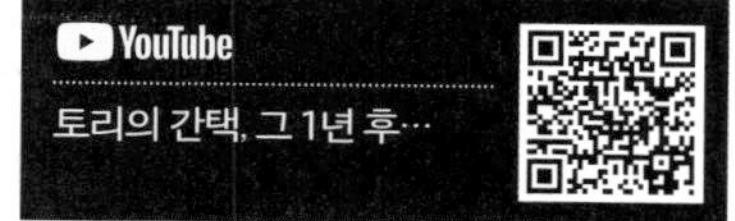

마음의 그루밍

토리를 만나고 내 삶은 이전에 비해 확실히 안정을 찾았다. 물론 여러 기회가 열리며 경제적인 여유가 생긴 것도 한몫했지만, 그보다 더 중요한 것은 마음의 여유라고 생각한다. 마음에 여유가 생기니 어떤 일이나 상황에도 흔들리지 않는 무게 추 같은 것이 내 마음의 중심을 지켜주게 되었다. 삶의 지혜는 대단한 것이 아니라 작고 보잘것없는 것에서부터 발견하는 것이라는 사실을 깨닫게 된 후로는 세상을 바라보는 나의 시선이 달라졌다. 고양이는 예민하고 까칠한 동물이라 생각하며 멀리했던 내가 팔불출 집사가 된 것처럼 말이다.

일상에서 가만히 토리의 모습을 지켜보다가 종종 여러 깨달음을 얻곤 한다. 항상 여유 넘치는 표정과 몸짓에선 '느림의 미학'을, 큰일도 아무것도 아니란 듯 자연스럽게 넘어가는 능청스러움에선 '의연함과 재치'를, 느릿느릿 게을러 보이다가도 사냥감 앞에선 무섭게 돌변하는 날렵함에선 '유연한 프로정신'을. 내가 한때 외면하고 무시했던 고양이라는 작은 존재에게 이렇게나 배울 점이 많았다.

최근에도 토리가 그루밍하는 모습을 보며 새롭게 깨달은 것이 하나 있다. 고양이들은 하루 중 많은 시간을 그루밍하며 보내는데, 사냥하기 전 자신의 존재를 들키지 않으려고 냄새를 지우기 위한 본능이라고 한다. 이 외에도 스트레스를 낮추기 위해 그루밍을 하기도 하는데 실제로 토리는 놀라거나 당황했을 때 마음을 진정시키기 위한 그루밍을 한다. 틈이 날 때마다 정성스럽게 자기 몸을 그루밍하고 있는 토리를 보고 있으면 자기를 끔찍이도 아낀다는 생각이 들 때가 있다. 그럴 때면 나는 스스로를 돌아보게 된다. '나는 저렇게 내 몸이나 마음을 스스로 챙겨본 적이 있었나?' 하고 말이다.

나는 그동안 항상 자신에게 엄격한 사람이었다. 다른 사람들의 실수는 인정해도 내가 저지른 실수는 그렇게 용납이 안 되었다. 스스로가 완벽하지 않으면 만족을 못 하고 작은 실수에도 자책하곤 했다. 남들에겐 "괜찮아, 잘했어" 하고 위로를 건네면서 내 자신에게는 그 한마디가 뭐가 그리 어려웠던 건지. 위로의 말은 꾹꾹 눌러 삼키고 그 대신 "할 수 있어. 더 잘하면 돼" 하는 말로 스스로를 왜 그토록 채찍질하며 살았던 건지. 가만히 그루밍하는 토리를 보다가 나에게 너무 미안해졌다.

그래서 앞으로 토리처럼 내 마음을 그루밍하기로 결심했다. 조금 실수해도, 실패해도 괜찮다고 스스로에게 말해주고 다독이며 살기로 했다. 고양이처럼 사람도 마찬가지로 그런 그루밍이 반드시 필요하다. 나를 누구보다도 잘 알고 있는 건 나인 만큼 세상에서 나를 가장 잘 위로하고 격려할 수 있는 사람도 바로 나 자신이기 때문이다. 하루에도 몇 번씩 나를 평가하고 내게 점수를 매기는 세상으로부터 나를 지킬 수 있는 건 나뿐이다. 그런 의미에서 틈날 때마다 스스로 마음의 그루밍을 해줘야겠다.

"괜찮아. 나는 잘하고 있어. 충분히 잘해왔어. 그리고 앞으로도 분명 잘 해낼 거야."

내가 그루밍하는 거 잘 보고 배워

토리는 오늘도 놀고 싶어

놀아줘

하랑스토리

내 이름은
한토리

집돌이 2

나는 일주일에 한 번 집 밖을 나갈까 말까 한 집돌이다. 작가 지망생 그리고 유튜버라는 명목하에 모든 작업을 주로 집에서 하기 때문에 특별한 일이 없는 한 집 밖으로 잘 나가지 않는다. 그나마 스케줄 근무를 하는 친구들의 휴무일에 맞춰 한 번씩 외출하는데, 평소 필요한 것들을 기억해두었다가 외출하는 날 한꺼번에 일을 몰아서 보고 들어온다.

집에 있을 때는 하루 대부분의 시간을 거의 방 안에서 보낸다. 아침에 일어나서 밥을 먹고 쉬고 작업하고 잠이 들 때까지 방에서만 생활하기 때문에 방이 곧 집이자 작업 공간이자 휴게

실인 것이다. 처음에는 답답하기도 하고 자꾸만 고립되는 것 같은 기분에 성격이 어두워지기도 했는데, 이런 생활도 7년 가까이 하다보니 서서히 무뎌지고 이젠 완전히 적응돼서 그런지 오히려 편하다. 적당한 사람들과 적당하게 거리를 두고 적당한 관계를 유지하는 게 내가 살아가는 방식이 되어버렸다.

나이가 들수록 새로운 만남, 새로운 인연을 마주하는 것이 점점 어렵고 힘들어진다. 괜히 도전했다가 실패하면 어쩌나 겁이 나기도 하고, 감당 가능하고 예상 가능한 범위를 벗어나진 않을까 두려워서 주저하게 된다. 그렇게 결국은 나에게 익숙한 길만 찾아서 그 길로만 다니게 된다. 해본 적 없는 모험을 했다가 과거의 실수를 반복하지 않기를 바라는 마음에서다.

나는 내향형 인간이라 한번 외출하면 기가 쭉 빨린다. 집에서 씻고 나서 편한 옷으로 갈아입고 아무 생각 없이 쉴 때 제일 편하고 행복하다. 내향형 인간이든 외향형 인간이든 그런 게 뭐가 중요한가 싶지만 너무 한쪽으로 치우치지 않게 균형을 유지하는 것은 필요한 것 같다. 나도 너무 내 우물 안에만 갇혀 있지 않도록 앞으로는 한 번씩 바깥공기를 쐬러 산책도 나가고 외부 활동도 조금씩 하면서 마음 문을 한 뼘만이라도 더 열어둬야겠다.

집 나가면 개… 아니 냥고생이라구!

속마음 유통기한

어린 시절부터 속마음을 잘 숨겼다. 왜 그렇게 생각했는지는 모르겠지만 남에게 속마음을 보이는 게 나의 약점을 보이는 것과 같다고 생각했다. 그래서인지 남들 앞에선 나의 진짜 속마음이나 감정을 드러내지 않고 항상 괜찮은 척, 아무렇지 않은 척 가면을 썼다. 내가 솔직할 수 있는 시간은 오로지 혼자 있는 순간밖에 없었다. 진심은 나 혼자 몰래 조용히 삭이기 시작했고 그러다보니 혼잣말이 늘어갔다.

하지만 그럴수록 내 안에 꽁꽁 싸매고 숨겨둔 속마음은 점점 상하고 곪아가기 시작했다. 마치 상한 음식에 곰팡이가 피어버리듯이. 그렇게 밖으로 꺼내지 못하고 안에서 썩어버린 내 속 마음과 감정들은 나를 병들게 했다. 어느 순간부터는 내 존재가 사라져버린 것만 같은 기분이 들었다. 빈껍데기만 남았다는 생각이 들 즈음에는 이미 내 안에서 많은 것들이 무너져 내리고 난 뒤였다. 되돌릴 수 없다고 생각했고 그대로 끝난 줄로만 알았다. 그래서 억울한 마음에 뒤늦게라도 내 마음을 쏟아내기 시작했다. 막힌 댐이 터지듯 그동안 쌓인 마음속 응어리들이 쏟아져 나왔다. 그 감정들을 모두 뱉어낸 후에야 마음이 한결 편안해졌다. 나는 완전히 다른 사람이 된 것처럼 이전의 내 모습이 너무나도 낯설게 느껴졌다.

'지금까지 왜 이렇게 참고 살았지?'

그 후 나는 더이상 참고 살지 않기로 했다. 숨이 막힐 만큼 억지로 참지도, 애써 괜찮은 척 아무렇지 않은 척하며 스스로를 감추지도 않는다. 좋으면 좋은 대로, 싫으면 싫은 대로 솔직하게 표현하고 나의 속마음을 있는 그대로 꺼내놓는다. 물론 여전히 남들 앞에서는 100퍼센트 솔직할 수 없지만 적어도 나 자신에게만큼은 숨기지 않기로 했다. 어떠한 상황에서도 나에게만큼은 솔직하기. 그것이 나를 지키는 방법이고, 흔들릴지언정 완전히 무너지지 않게 중심을 잡아주는 무게 추이다.

나를 완전히 잃어버릴 뻔했던 그 시기를 지나면서 깨닫게 된 것이 있다. 모든 감정과 속마음에는 유통기한이 있다. 아무도 모르게 그대로 감추고 묻어두면 괜찮을 것 같지만 절대 그렇지 않다. 음식을 너무 오래 방치하면 썩는 것처럼 마음도 표현하지 않고 자꾸 속으로만 삭이고 묵혀두면 곪고 상하게 된다. 아무리 속마음이라 해도 한 번씩 밖으로 꺼내고 비워야 건강한 마음을 유지할 수 있다.

스스로에게 솔직한 마음을 표현하는 게 어렵다면 집에서 키우는 동식물에게 말을 거는 것도 좋은 방법이라고 생각한다. 나는 실제로 토리에게 내 마음을 자주 털어놓는다. 오늘은 무슨 일이 있었고 내 감정이 어땠는지 친구에게 이야기하듯 솔직하게 말한다. 그때마다 토리는 "애옹애옹—" 대답해주는데 그게 또 귀여워서 토리 앞에서 열심히 수다를 떨곤 한다.

만약 이유 없이 마음이 답답하고 무겁다면 조용히 마음을 열어 점검해보자. 혹시 나도 모르게 감춰둔 속마음의 유통기한이 지나버린 것은 아닌지.

고민 있으면 나한테 다 얘기해라냥

나를 찾는 여정

1. 나는 예스맨이었다

최근에 주변 지인과 가족의 소개와 추천으로 심리 상담을 받기 시작했다. 내게 어떤 문제나 어려움이 있어서 받게 된 것은 아니고, 상담을 통해 그동안 나도 모르게 마음속에 쌓아왔던 감정과 숨겨진 모습들을 발견하고 스스로를 더 깊이 알아가는 시간을 가져보면 어떻겠느냐는 권유로 상담을 시작하게 되었다.

사실 상담을 신청하기까지 고민을 많이 했다. 상담을 받는다고 하니 내가 왠지 환자인 것 같은 기분이 들기도 하고, 잠잠한 마음속을 불필요하게 어지르고 헤집게 되진 않을까 하는 걱정이 들었기 때문이다. 하지만 걱정과는 달리 상담을 거듭할수록 내 안에 미처 매듭짓지 못하고 엉켜 있던 응어리들이 천천히 풀어지면서 내 마음속 어떤 벽 같은 것이 허물어지기 시작했다. 현재 나의 상태를 제대로 진단하기 위해서는 과거의 나를 돌아봐야 했다. 지금의 나는 결국 과거의 시간이 쌓여 만들어진 모습이기 때문에 '어떻게 지금의 내가 됐는지'를 알기 위해서는 내가 어떤 모습으로 어떤 길을 걸어왔는지를 돌아볼 필요가 있었다.

상담을 받는 과정은 어딘가 익숙한 동굴 속을 걷는 기분이었다. 분명 낯은 익지만 단 한 번도 자세히 들여다본 적은 없었던 동굴. 나는 그 동굴 속에서 학창 시절의 나를 발견했다. 그 누구보다도 밝고 자신감 넘쳤던, 그러면서도 너무나 외롭고 처절했던 나를 말이다.

어린 시절의 나는 예스맨이었다. 누군가 부탁하면 쉽게 거절하지 못했고, 특히 어른들의 부탁이라면 더 그랬다. 그 배경에는 가정환경이 있다. 아버지가 목사였기 때문에 내 뒤에는 항상 '목사 아들'이라는 타이틀이 따라다녔다. 나는 항상 남들 앞에서 모범이 되어야 하고, 먼저 양보해야 하고, 힘들어도 참고 견

며야 했다. 왜 그래야 하는지도 몰랐지만 그 당시의 나에겐 그게 당연한 것이었다. 하지만 그럴수록 내 마음 한구석에는 꺼내지 못하고 삼킨 감정과 말들이 자꾸 쌓여만 갔다. 그렇게 나는 남들 앞에서 감정을 숨기고 혼자 삭이는 법을 배웠다.

성인이 된 후에도 크게 달라진 것은 없었다. 남들은 말하고 나는 들어야만 했다. 친한 친구들 사이에서도 언제나 나는 고민을 들어주는 사람이었고, 정작 내 고민이나 진심은 단 한 번도 누군가에게 제대로 꺼낸 적이 없었다. 중학교 때부터 가장 친하게 지낸 친구가 내게 "근데 왜 너는 네 얘기는 안 해? 너도 네 얘기 좀 해!"라며 핀잔을 줄 정도로 남들 앞에서 내 속마음을 쉽게 꺼내지 않았다. 지금 생각해보면 그 방법을 몰랐던 것 같다. 매번 참고 숨기고 억누르는 게 일상이 되다보니 나도 잘 모르는 내 속마음을 어디서부터 어떻게 표현해야 할지 가늠할 수조차 없었다.

하지만 아무리 깊은 바다라도 바닥이 있는 법. 나만 잘 참으면 언제라도 버텨낼 줄 알았던 내 마음이 얼마 못 가 그만 폭발해버리고 말았다.

2. 난 안 괜찮아

누구에게나 인생에서 가장 힘든 시기가 있을 것이다. 내게는 20대 중반이 그랬다.

대학생 때까지만 해도 나는 수석과 차석을 연이어 차지하며 주변 동기들과 더불어 선배들, 교수님들 사이에서 주목받고 촉망받는 학생이었다. 친구들 사이에서 나는 '보나 마나 어차피 성공할 사람'이었고, 나를 잘 모르는 사람들조차 분명 잘될 거라며 칭찬을 아끼지 않았다. 하지만 그런 시선과 기대와는 달리 내 삶은 예상했던 궤도를 한참 벗어나 끝을 모르고 한없이 낙하할 뿐이었다. 오랜 고민 끝에 전공을 과감히 포기하고 작가 지망생의 길을 택했다. 쉽지 않다는 걸 알았지만 나는 다를 거라 생각했고, 나는 할 수 있다고 착각했다. 그 착각의 늪에 빠져 허우적거린 지 5년이 지났을 때, 나는 완전히 만신창이가 되어 있었다.

열심히 준비하던 작품의 작업이 엎어지길 수차례, 겨우 기회를 얻어 계약했지만 에이전시 회사 대표와의 충돌로 계약 파기, 연이은 공모전 낙방 그리고 마지막 기회라 생각하고 도전한 공모전 마감 이틀 전 함께 작업을 준비하던 파트너 작가의 잠수까지. 모든 걸 다 내던지고 호기롭게 시작했지만 뭐 하나 제대로 이룬 것 없이 온 힘을 다해 쏟아부은 시간과 열정이 전부 사라져버렸다.

비슷한 시기, 학업을 함께했던 친구들은 하나둘 자리를 잡기 시작하며 어엿한 사회인이 되어갔다. 취업을 하고 결혼을 하며 저마다의 모습으로 그야말로 어른이 되어갔지만, 나만 모든 게 그대로였고 나만 제자리걸음인 것 같았다. 남들 앞에 보여줄 게 그저 신분증 하나뿐인 애도 어른도 아닌 '무언가'. 뭐라 규정할 수도 없고 규정하고 싶지도 않은 내 자신이 꼭 이 세상 사람이 아닌 것만 같았다. 그때 한 가지 분명하게 깨닫게 된 것은 있었다. 나는 남들과 다를 것 하나 없고, 특별한 사람은 따로 존재한다는 것이다.

영화 〈토이 스토리〉에 나오는 우주인 장난감 캐릭터 버즈는 자신이 진짜 우주인이라 확신하며 하늘을 날 수 있다고 굳게 믿는다. 현실적인 그의 친구 카우보이 인형 우디는 그런 버즈에게 몇 번이고 이야기한다.

"넌 장난감이야. 날 수가 없어!"

버즈는 그 말 따위 가볍게 무시하고 호기롭게 계단 난간 위로 올라선다. 보란 듯이 하늘을 날아오르기 위해. 무한한 공간 저 너머로 날아오를 거라 자신 있게 소리치며 뛰어내린 장난감 버즈는 결국 땅으로 곤두박질치며 산산조각이 나버린다.

나의 20대 중반 시절이 바로 그랬다. 장난감 날개를 달고 날 수 있을 거라 착각했던 버즈가 계단 위를 구르며 온몸이 부서졌던 것처럼, 나는 헛된 망상으로 포장된 비루한 실력을 가지고 냉혹한 현실에 맞섰다가 산산이 부서지고 깨졌다. 원래 힘든 일은 한꺼번에 찾아온다고 했던가. 불안정한 현재와 미래로 방황하던 시기에 문제란 문제들이 쉬지 않고 연이어 파도처럼 나를 덮쳤다. 쉴 틈 없이 쏟아지는 어려움 속에서 제대로 정신을 차릴 수가 없었다. 하지만 그렇게 아프고 힘들고 숨 막히던 시절에도 사람들에게 나는 여전히 예스맨이었다. 부탁하면 들어주고 작은 부담 정도는 얼마든지 참아주는. 만신창이가 되어서도 여전히 나는 다른 이들의 짐을 짊어져야 했고, 그 책임과 무게를 감당해내야 했다.

더이상은 참을 수가 없었다. 숨고 싶고 어디라도 도망치고 싶었지만 그럴 수조차 없었다. 내가 선택할 수 있는 건 아무것도 없었다. 이대로 가다간 정말 죽을 것만 같았다. 그때 내 안에서 간신히 나를 붙잡고 있던 끈 같은 것이 툭 하고 끊어졌다. 그렇게 내 마음은 터지듯 폭발했고, 그동안 참고 억눌러왔던 것들이 걷잡을 수 없이 쏟아져 나오기 시작했다. 나는 처음으로 내 입으로 참았던 숨을 토해내듯 소리쳤다.

"못 해! 안 해!!"

3. 나부터 행복하기

그 후 나는 더이상 참지 않는 사람이 되었다. 누군가의 부탁도 제안도 내가 싫으면 단칼에 거절한다. 더이상 망설이지 않는다. 내가 좋으면 좋은 거고 싫으면 싫은 거다. 기준은 오로지 내가 되었고, 나만 생각하기로 했고, 나부터 행복하기로 다짐했다. 내가 산산이 부서졌던 그 시기를 지나오면서 깨달은 사실은 나 자신을 지킬 수 있는 건 나밖에 없다는 것이었다. 내가 내 마음을 지키지 않으면 그 마음을 지켜줄 이는 아무도 없다. 설령 남들 앞에서는 감정과 마음을 숨기더라도 스스로에게만큼은 그럴 필요가 없다. 애써 말하지 않아도 감추지 않아도 누구보다 내 속마음을 가장 잘 알고 있는 것은 바로 나이기 때문이다.

상담을 통해 나라는 깊은 동굴 속을 들여다보게 되었고, 그 안에서 길을 잃고 숨어 있던 나를 발견했다. 그리고 나는 잔뜩 움츠리고 주눅 들어 있던 과거의 나에게 약속했다. 다시는 애써 괜찮은 척, 아무렇지 않은 척 참고 억누르지 않겠다고. 혼자 내버려두고 외면하지 않겠다고. 그러고 보니 행복은 정말 멀리 있는 게 아니었다. 오늘 하루는 어땠는지 지금은 기분이 어떤지 스스로 묻고 돌아보는 순간, 날마다 환기를 시키듯 마음 문을 열고 그새 쌓인 먼지 같은 감정들을 가볍게 훌훌 털어내는 것, 그런 것들이 바로 행복이었다.

요즘 나에게 있어 가장 큰 행복은 그런 소중한 순간들을 오롯이 누리는 것이다. 아침에 일어나면 내 옆에 딱 붙어 곤히 잠들어 있는 토리의 온기를 느끼고, 오늘은 뭘 먹을까 뭘 하면서 놀면 좋을까 그런 시시콜콜한 고민들을 하고, 복슬복슬 부드러운 토리를 솜이불 삼아 무릎 위에 덮고 이렇게 나의 하루를 한 자 한 자 적어내는 순간들이 나에게는 더할 나위 없는 행복이다.

더도 말고 덜도 말고 이 정도 행복만 지켜보자. 아무도 돌아봐주지 않는 의무감에 사로잡혀 내가 지지 않아도 될 짐을 구태여 혼자 짊어 메지 말고 나 아닌 것들은 잠시 내려놓자. 내가 없는 세상인 것만 같아 지금이 숨 막히고 괴롭다면 단 하루만이라도 나뿐인 세상을 살아보자. 나 이외의 것들은 전부 비우고 오로지 나로 가득 채워보자. 내가 사랑하는 것들, 나를 사랑하는 것들로만.

주변은 그 후에 돌아봐도 늦지 않는다. 그동안 내가 참고 기다리고 억눌렀던 날들에 비한다면 그 하루쯤이야 아무것도 아닐 테니까. 그러니 나를 더 마음껏 사랑하자. 잊고 있었던 나를, 외면했던 나를 모조리 돌아보고 끌어안아보자. 나는 충분히 사랑받을 만하고 지금보다 훨씬 더 행복할 자격이 있다.

내가 옆에 있으니까 앞으로는 행복한 일만 생길 거야

변하지 않는 것

어렸을 때부터 기복과 변화에 대한 두려움이 있었다. 특히 관계 안에서의 기복과 변화라면 더욱 그랬다. 오늘까지 가까웠던 관계가 내일 멀어진다든가, 항상 따뜻했던 사람이 갑자기 차갑게 변한다든가 하는 갑작스러운 변화가 내게는 참 어렵고 두려웠다. 어린 시절부터 유독 그런 관계 속에서 변덕스러운 변화를 겪다보니 어느 순간부터는 관계에 대한 기대는 아예 포기하고 내려놓게 되었다.

그럴 때마다 나도 모르게 변하지 않는 것들을 동경하며 찾아 헤매기 시작했다. 끊임없이 변화하는 삶 속에서 마주하는 변하지 않는 풍경들은 나에게 안식처와도 같았다. 여러 관계 속에서 지치고 힘들 때면 그런 풍경들을 찾았고, 그렇게 나는 그것들을 더더욱 사랑하게 되었다. 내가 사랑하고 이따금씩 찾았던 풍경은 다행히도 언제나 나의 주위에 그리고 항상 그 자리에 그대로 있었다. 이를테면 아파트 단지 뒤로 끝없이 펼쳐진 논길, 한적한 습지공원 산책로 한구석에 놓인 벤치, 어느 봄날의 미지근한 바람결, 그 바람에 살랑거리는 나뭇잎 사이로 새어 나오는 햇살 한 줄기, 가라앉는 석양에 금빛으로 반짝거리는 강가. 내가 찾기만 하면 언제나 같은 자리에 변함없이 존재하던 그 풍경들은 내게 위로와 용기를 주었다.

토리는 내가 사랑하는 변하지 않는 풍경 중에서도 가장 가까이에 있는 풍경이다. 날마다 나에게 위로를 주고 존재만으로도 나의 하루를 따스하게 품어주는 그런 풍경. 가만히 바라보기만 해도 내게 괜찮다고, 지금 우린 여기에 있고 분명 내일도 함께일 거라고 부드러운 눈인사를 건네주는. 이 세상에 영원히 변하지 않는 것은 아무것도 없을지 모른다. 내가 사랑하는 그 변하지 않는 풍경들조차도 보이지 않을 뿐 매 순간 작은 변화를 해나가고 있을 것이다. 중요한 것은 변하지 않는 풍경이 아닌 변하지 않을 거라는 믿음이다. 나는 토리를 만나고 그 믿음을 알게 되었다.

항상 나를 따스하게 바라보는 토리의 눈빛, 곁에 붙어서 전해주는 온기, 나를 향해 있는 몸짓, 그 모든 것에는 언제나 나를 향한 믿음이 있었다. 변하지 않을 거라는 믿음, 그 믿음은 곧 마음의 시선과도 같은 것이었다. 시선이 달라지면 보이는 대상도 다르게 느껴지듯이, 내 안에도 변하지 않을 거라는 믿음이 생기자 나를 둘러싼 풍경들이 다르게 보이기 시작했다. 그러면서 내가 그동안 변화를 마주하기 두려워하고 변하는 것들을 사랑하지 못했던 이유가 나에게 믿음이 없었기 때문이라는 사실을 깨닫게 되었다.

변하지 않을 거라는 믿음으로 바라보는 시선은 참 중요하다. 그 시선은 변하게 될 것들도 변하지 않게 만드는 힘이 있다. 그건 사랑하지 못할 것들도 사랑하게 만드는 힘이다. 그래서 나는 토리가 나에게 보여준 그 시선을 가지고 살아보려 한다. 내가 그토록 두려워하고 외면했던 변화조차도 당연하고 자연스러운 것으로 여기며, 있는 그대로를 받아들이면서.

아빠를 향한 토리 사랑은 무조건 무조건이야

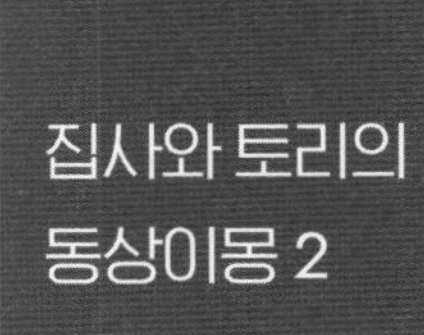

집사와 토리의 동상이몽 2

집사 ―――――――――――― 토리와 살며 내가 포기한 것

반려동물, 그중에서도 영역동물인 고양이와 함께 살기 위해서는 서로의 시간과 공간을 배려해야 하기 때문에 사실상 포기해야만 하는 것들이 있다.

나는 옷이나 이불에 먼지나 털이 묻는 것을 굉장히 싫어했다. 그래서 옷에 작은 자국이나 흔적이 생겨도 신경이 쓰여서 어떻게든 지우곤 했다. 침대 위에는 외출복을 입고 절대 눕지 않고, 친구들이 놀러 와도 침대 위에 올라갈 때는 꼭 씻고 잠옷으로 갈아입어야 올라가게 했다. 토리와 함께 살게 되면서 가장 먼저 맞닥뜨린 문제는 털이었다. 옷은 물론 침대와 소파를 비롯해 모든 가구와 방 안 곳곳에 털이 묻고 날리기 시작한 것이다. 처음에는 어떻게든 열심히 치우고 정리하면 되겠지, 하면서 수시로 청소기를 밀고 방 안 곳곳에 돌돌이를 두고 틈날 때마다 털을 제거했다. 하지만 신기하게도 털은 내가 청소하는 만큼 날리고 붙으면서 며칠만 지나도 원상복구됐다.

토리를 입양할 때 주변에서 집사로 살면 털 문제는 그냥 포기해야 한다는 말을 듣고도 나는 절대 그럴 수 없다며 마음속으로 고개를 몇 번이고 저었다. 내가 그만큼 열심히 청소하면 되는 거 아닌가, 하고 생각했다. 그래서 근 몇 달간은 털과의 전쟁을 선포하면서 누가 이기나 한번 해보자는 마음으로 열심히 청소했던 것 같다. 하지만 여느 집사들처럼 그 각오는 얼마 가지 않아 눈 녹듯 사라졌고 결국 나는 털 앞에 두 손 두 발을 들고 말았다. 물론 여전히 날마다 돌돌이를 미는 것이 일과의 시작이지만, 이제는 옷에 털이 붙어도, 침대나 소파 위에 털이 있어도, 심지어는 음식 위에 털이 내려앉을 때도 크게 신경쓰지 않는다. 그때마다 그냥 '아, 털이네' 하고 떼어낸다. 나로서는 일상의 큰 부분을 포기한 것이다.

또 포기하게 된 것은 바로 침대 자리다. 나는 잠자리에 예민해서 옆에 누가 있으면 깊게 자지 못한다. 몸에 열이 많고 잠귀도 밝은 편이라 누가 옆에 바로 붙어서 자면 더워서 깨거나 답답해서 뒤척이고, 부스럭거리는 소리에도 깨곤 한다. 그래서 웬만하면 잘 때만큼은 혼자 자는 것을 선호한다. 그런데 토리와 함께 살게 된 후, 토리가 틈만 나면 내 옆을 비집고 들어와서 침대 한편을 꼭 차지한다. 처음에는 그게 여간 불편한 게 아니었다. 분명 잠들기 전까지는 옆에 토리가 없었는데 움찔거리는 기척에 눈을 떠보면 어느새 내 옆에 착 붙어 능청스럽게 코까지 골며 자고 있다. 자는 모습은 또 어찌나 사람 같은지 얌전히 몸을 말고 자는 것도 아니고 안 그래도 큰 몸뚱이를 대각선으로 쭉 늘어뜨리고 뻔뻔하게 침대를 다 차지하고 잔다. 어쩐지 답답해서 잠에서 깨면 토리가 나보다도 자리를 더 많이 차지하고 있다.

가끔은 그런 토리가 얄미워서 "아, 옆으로 좀 가. 좁아!" 하면서 슬쩍 등으로 밀곤 하는데, 그 덕분인지 지금은 정확하게 침대를 반반씩 차지하며 자고 있다. 잠에 있어서만큼은 절대 양보하지 않는 내가 침대 공간의 절반을 내주게 되다니……. 토리의 온기 또한 포기할 수 없을 만큼 토리가 사랑스럽긴 한가보다.

위 어떻게든 꼭 침대의 반은 차지하고 자는 토리

아래 왜 고양이들은 꼭 가로로 누워서 자는 걸까?

집사는 항상 틈만 나면 내 배를 조물거린다. 처음엔 초보 집사라 모를 만하겠거니 하는 마음으로 참아줬는데 이제는 아예 대놓고 만지작거린다. 함께 산 지 3년이 넘었으면 고양이들이 배 만지는 걸 싫어하는 것 정도는 잘 알 텐데도 그렇게 내 배를 못 만져서 안달이다. 열심히 깨물어도 보고 내 매운 불주먹 맛을 보여주기도 했지만 뭐가 그리도 좋은 건지 어떻게든 내 배를 만지고야 만다. 그런 고집스러운 집사 손길에 나는 결국 내 배를 포기하고 내주기로 했다. 사실 집사 손길이 기분 나쁘기만 한 건 아니다. 한바탕 열심히 뛰어놀고 인간 난로 같은 집사 옆에 붙어서 그 손길에 몸을 맡기고 있으면 잠이 솔솔 쏟아진다. 몇 번은 그런 집사 손맛에 나도 모르게 그만 벌러덩 드러누워 일부러 배를 내준 적도 있다. 아마 그때부터였을 것이다. 집사가 내 배를 대놓고 주물럭거리기 시작한 건……. 그건 나의 실수였다.

한 성깔 하기로 유명했던 내가 인간 집사에게 무방비로 배를 내주다니 조금은 자존심이 상하지만, 어차피 지금은 뭐 지켜볼 놈들도 소문을 낼 녀석들도 없으니 상관없지 않나 싶다. 그리고 시도 때도 없이 배를 만지도록 허락한 건 아니고 낮잠을 자거나 집사 옆에서 쉬고 있을 때 한정으로만 배를 내주는 거니까 이 정도는 나도 양보해서 나쁠 게 없는 것 같다. 뭐, 그마저도 내 입장에선 많이 포기하는 거지만.

내가 집사를 위해 참는 게 또 한 가지 있다. 바로 나의 넘치는 에너지다. 하루에 두 시간은 거뜬히 뛰고도 남을 이 에너지를 감당 못 하는 집사를 위해 나름 절제하고 있다. 이런 내 맘을 아는지 모르는지 집사는 나랑 조금만 놀면 금방 지쳐 쓰러져서는 "제발 그만 좀 하자"며 넋두리를 한다. 나는 아직 시작도 안 했는데 말이다. 이런 집사의 저질 체력에 맞춰주느라 결국 밤에 나 혼자 열심히 뛰어다니며 논다. 그런데 집사는 내가 밤에 뛰어다니면 뭐라고 한다. 그래도 내가 버튼을 누르면 낚싯대를 들고 반응해주는 집사가 기특해서 이 정도는 감수하고 살고 있다.

다른 집 고양이들은 집사가 제대로 안 놀아주면 벽지부터 장판, 온갖 가구까지 다 긁으며 불만을 표출한다는데 이렇게 나처럼 교양 있게 혼자 놀면서 에너지를 쓰는 효냥이가 또 어디 있을까. 이게 다 집사를 위하는 내 마음이라는 걸 집사는 알지 모르겠다. 집사도 나를 위해 참고 포기하는 게 한두 가지가 아니란 걸 나도 잘 알지만, 나 역시 그런 집사를 위해 집사에게 맞추고 있는 게 많다는 걸 집사도 알아줬으면 좋겠다.

나처럼 얌전한 고양이가 어디 있다구

그만 좀 주물러-ㅅ-

3장

토리와 함께라 특별한 나날

너의 이름은

처음 토리 입양을 결정하고 나서 가장 중요한 이름을 정해주기로 하고 친구들과 의견을 나눴다. 생각나는 대로 마구 던졌던 터라 정확하게는 기억이 나지 않지만 대충 최종 후보에 오른 이름은 '제제' '제리' '토토' '토리' 정도였다. 이름을 하나씩 차례로 불러보고 제일 반응을 잘 보이는 이름으로 정해주려 했는데 사실 반응은 다 비슷비슷해서 결국 다수결로 '토리'가 낙점되었다. 지금 생각해보면 다른 이름은 상상이 가지 않을 정도로 토리라는 이름이 잘 어울리는 것 같다. 다행히 토리도 이름이 마음에 드는지 이름을 부를 때마다 눈을 천천히 깜빡이거나 "야옹—"하고 곧잘 대답한다.

그러고 보면 이름은 참 신비한 힘을 가지고 있다. 이름을 붙여준다는 건 스쳐 지나가는 인연이 아니라 나에게 특별하고 소중한 인연으로 인정하고 받아들인다는 의미이기 때문이다. 단순히 그 짧은 음절을 부르는 것만으로도 때로는 진심이 전해지기도 한다. 그렇게 토리와 나는 이름을 통해 더욱 특별한 사이가 되었다. 가끔 만약 토리가 말할 수 있다면 무슨 말을 듣고 싶냐는 질문을 받곤 한다. 정말 그런 일이 가능하다면 토리의 목소리로 불러주는 내 이름을 들어보고 싶다. 매일 수십 번씩 나의 목소리로 자기 이름을 듣는 토리의 기분이 어떨지 궁금하다.

이름 없는 꼬질꼬질한 길고양이가

이렇게 예쁜 토리가 되었다

혼자라고 생각하지 마라냥!

토리와 운명처럼 만나 동거를 시작하게 되긴 했지만 사실 걱정스러운 부분이 없는 것은 아니었다. 고양이를 처음 키워보는 데다 고양이에 관한 지식이나 정보가 거의 없었기 때문이다. 생초보 집사가 길고양이를 입양하게 되었으니 초반에는 어떤 케어가 필요한지, 어떤 물품들을 준비해야 하는지, 주의해야 할 점은 무엇인지 자세히 알 턱이 없었다. 그래서 나는 유튜브에서 고양이 관련 영상들을 닥치는 대로 보면서 벼락치기로 공부하게 되었다. 고양이는 생각보다 훨씬 섬세하고 예민한 동물이라는 것을 알게 되면서 행여나 토리가 새로운 영역에 잘 적응하지 못하면 어쩌나 걱정했다. 하지만 걱정이 무색하게도 토리는 원래 제집인 것처럼 첫날부터 완벽하게 적응했다. 그 모습이 참 기특하고 한결 마음이 놓였다.

토리의 입양을 결정한 후 주변의 도움을 정말 많이 받았다. 결정적으로 토리와 내가 함께할 수 있도록 인연을 이어주신 캣맘 아주머니께서는 토리가 중성화 수술을 받을 수 있게 도움을 주셨고, 사료와 간식을 챙겨주시면서 초반에 신경써야 할 것들을 자세히 알려주셨다. 고양이를 키우고 있는 친한 누나는 간식과 장난감, 케어에 필요한 용품들을 잔뜩 챙겨주면서 여러 팁을 알려주었다. 오랫동안 나를 지켜봐오면서 응원해준 지인도 선뜻 캣타워를 선물해주는 등 많은 도움의 손길이 있었다.

토리를 만나기 전까지만 해도 정신적으로 많이 지치고 고립된 상태였는데, 토리의 입양을 계기로 주변 관계를 다시금 돌아보게 되었다. 나는 항상 혼자라고 생각했는데 내가 손을 뻗기만 하면 얼마든지 나를 도와줄 소중한 사람들이 바로 곁에 있었던 것이다. 그 소중한 존재를 다시금 인식하는 것만으로도 얼마나 큰 위로와 용기가 되었는지 모른다. 그렇기에 누군가는 별것 아닌 일이라고 생각할 수도 있지만 나에게는 토리와 함께 살게 되었다는 사실이 삶의 터닝 포인트가 될 만큼 귀하다. 토리와 함께 지내게 된 첫날 밤, 나를 바라보는 토리의 눈빛이 꼭 이렇게 말하는 것만 같았다.

"이젠 혼자라고 생각하지 마라냥!"

내가 사랑하는, 나를 사랑하는 존재와 나란히
같은 곳을 바라본다는 건 얼마나 행복한 일인지

초보 집사

토리가 병원에서 중성화 수술을 무사히 마치고 집에 돌아온 날부터 본격적인 동거생활이 시작되었다. 나는 유튜브 영상을 보며 공부했던 대로 토리와 함께 지낼 환경을 준비했지만, 시작부터 큰 난관에 봉착했다. 첫 관문은 바로 목욕이었다.

인터넷에서 열심히 찾아본 정보와 지인에게 들은 바에 따르면 고양이들은 물을 극도로 싫어하기 때문에 목욕 시기가 찾아올 때마다 그야말로 '전쟁'을 치른다고 했다. 당장 유튜브에서 고양이 목욕 관련 영상을 찾아보기만 해도 고양이들이 집사의 멱살을 붙잡고 늘어지거나 날카로운 발톱을 세운 채 등을 타고 오르는 장면이 대다수였다. 서럽게 울부짖는 고양이들의 울음 소리는 거의 기본 배경음으로 깔리고 그 위로는 집사들의 "괜찮아, 다 끝났어"라는 초조함 가득한 대사가 효과음처럼 얹어졌다. 그렇게 소란스러운 목욕이 끝난 후에는 집사의 팔부터 시작해서 다리, 심지어는 가슴과 등까지 온통 상처투성이가 된 집이 한둘이 아니었다. 그래서 목욕하기 전에는 서로의 안전을 위해 고양이의 날카로운 발톱을 정리해주어야 하는데, 이마저도 쉬운 일이 아니라고 하니 긴장하지 않을 수가 없었다. 그 때문에 목욕을 시키기 전부터 지레 겁을 먹었다.

나는 용기 내서 조심스럽게 토리를 안아 들고 눈치를 살피며 발톱을 정리하기 시작했다. 그런데 토리는 생각보다 별 반응이 없었다. 긴 발톱이 탁탁 소리를 내며 잘려나가는데도 내 품에 얌전하게 안긴 채 긴장을 풀고 축 늘어졌다. 오히려 토리보다도 내가 더 긴장해서 주절주절 말이 많아졌다. 그렇게 발톱 정리에 이어서 첫 목욕도 다행히 별 탈 없이 생각보다 순조롭게 마무리되었다. 토리는 몸에 물이 닿는 시간이 길어지면 울기 시작하지만 소스라치게 놀라거나 마구 발버둥 치지는 않아서 살살 달래면서 신속하게 목욕시키면 큰 어려움 없이 목욕을 끝낼 수 있다.

토리에게 첫 목욕을 시킬 때는 고무장갑을 끼고 했었는데, 유튜브에서 고양이 목욕 영상을 찾아보다가 어떤 아주머니들이 고무장갑을 끼고 길고양이들을 열심히 씻기시는 모습을 보고 거기서 영감(?)을 얻은 것이었다. 그렇게 하면 더 안정적으로 목욕시킬 수 있을 줄 알았는데 맨손으로 시키는 게 더 안전하다는 것을 나중에 댓글을 보고 나서야 알게 되었다. 지금 돌이켜 보면 어설프고 엉성한 초보 집사 티를 팍팍 내던 그때의 모습이 마냥 우습기만 하다. 그러나 한편으로는 처음부터 좋은 부모는 없듯이 이런 과정들이 조금씩 쌓여서 좋은 집사로 성장하는 것일 테니 초보 집사 시절 또한 그 자체로 의미 있는 시간이라는 생각이 든다.

발톱 좀 잘 깎아봐라냥

가출 대소동

봄기운이 완연한 4월의 어느 날이었다. 날씨도 따뜻하고 미세먼지도 없는 날이라 모처럼 집 안을 환기시키기 위해 현관문을 살짝 열어두었다. 방묘문이 설치되어 있었기에 별다른 걱정 없이 잠시 샤워를 하고 나왔다. 옷을 갈아입고 거실로 나오는데 이상하게 집 안이 조용했다. 토리가 어디 구석에서 잠이라도 자고 있는 건지 집 안을 돌아다니며 토리를 찾아봤지만 어디서도 보이지 않았다. 보통은 이름을 부르면 대답하거나 기척이라도 내는데 아무 소리도 들리지 않는 것이었다. 조금씩 불안해지기 시작하면서 내 시선은 환기를 위해 잠시 열어두었던 현관문으로 향했고, 순간 가슴이 철렁 내려앉았다.

'설마 문밖으로 나간 거야?'

정말 짧은 시간 동안 온갖 생각이 스쳐 지나갔다. 지금껏 단 한 번도 방묘문을 뛰어넘은 적이 없었고 뛰어넘을 수 있는 높이도 아니었기에 말이 안 된다고 생각했지만, 집 안에 없다면 나갈 길은 현관문밖에 없었다. 나는 정신이 반쯤 나가서 닥치는 대로 외출복을 주워 입고 밖으로 뛰쳐나가 토리를 찾기 시작했다. 복도부터 계단, 아파트 뒤 공터까지 샅샅이 살폈지만 토리는 어디에도 없었다. 나는 패닉에 빠졌고 대체 어떻게 해야 할지 몰라 눈앞이 흐려졌다. 일단 토리를 찾는 게 우선이었기에 정신을 차리고 친구에게 도움을 요청하기로 했다.

그렇게 휴대폰을 가지러 집 안으로 다시 들어간 순간 다리에 힘이 풀려 그대로 주저앉고 말았다. 토리가 현관문 바로 맞은편에 있는 빨래 바구니 안에서 고개를 빼꼼 내밀고 나를 멍하니 쳐다보고 있는 것이었다. 나를 보는 토리 눈빛이 꼭 '바보. 뭐 하냐?' 하고 말하는 것만 같았다. 하도 어이가 없어서 절로 허탈한 웃음이 나왔다. 나는 토리를 안아 들고 괜히 나무라면서 놀란 가슴을 쓸어내렸다. 갑자기 벌어진 가출 소동은 그렇게 허무하게 막을 내렸다. 정말 찰나의 순간 느낀 감정이지만 두 번 다시 경험하고 싶지 않을 정도로 너무나도 아찔했다. 길에서 아이를 잃어버린 부모 심정이 이런 것일까 싶었다.

가출 소동은 집사라면 누구나 한 번쯤 겪게 되는 해프닝인 것 같다. 고양이는 아주 작은 틈이나 구석에도 들어가 몸을 숨길 수 있기 때문에 집 안에서도 종종 사라지는 경험을 심심치 않게 할 수 있다. 지금은 나도 이런 생활에 적응이 되어 토리가 보이지 않으면 또 어딘가 숨어 있겠거니 하면서 숨을 만한 곳부터 살피며 한바탕 숨바꼭질을 한다. 대부분은 내가 예측한 곳에 정확하게 숨어 있지만.

고양이들이 예고 없이 숨바꼭질을 하는 건 어쩌면 느슨해진 집사들의 마음에 한 번씩 긴장감을 던져주려는 큰 그림이 아닐까.

자, 이제 숨바꼭질을 시작하지.

토리 숨었다냥!

병원은
무서워

토리가 갑자기 한쪽 다리를 절기 시작했다. 어디서 뛰어내리다 삐끗한 건지 놀다가 다친 건지, 다친 상황을 직접 목격한 게 아니어서 더 걱정되고 불안했다. 다행히 크게 다친 것은 아닌지 확인차 다리를 만져도 큰 반응은 없었고 조금 불편해 보여도 잘 걸어다녔다. 다음 날 정확한 진단을 받아보기 위해 토리를 데리고 병원으로 향했다. 잠시 순서를 기다리는 동안 진료 대기실에서 다시 한번 상태를 확인해보려고 토리를 이동가방 밖으로 꺼내주었다. 그런데 오늘 아침까지만 해도 절뚝거렸던 토리가 너무나 멀쩡하게 잘 걷는 것이었다. 나는 이게 어떻게 된 일인지 당황스러울 뿐이었다.

잠시 후 진료 차례가 되어 담당 의사 선생님께 상황을 자세히 말씀드렸더니, 낯선 장소에 오면 긴장해서 그럴 수 있다고 하셨다. 의사 선생님은 토리 다리 상태를 살펴보시고 크게 다친 것 같아 보이진 않으니 엑스레이까지 찍어볼 필요는 없고, 진통제만 처방하고 며칠간 상황을 지켜보자고 하셨다. 그 말에 나는 마음이 확 놓이며 긴장이 풀렸다. 갑자기 우리집 고양이가 평소에 안 하던 행동을 한다든지, 원래 에너지가 넘쳤던 아이가 기운이 없는 모습을 보이면 무슨 큰병이 생긴 건 아닌지 마음을 졸이게 된다. 그러면서 의사 선생님의 "괜찮다"라는 한 마디만을 간절하게 바라게 된다.

그렇게 한시름 놓고 집으로 돌아오니 괜히 민망했다. 별것 아닌 일로 토리보다 내가 더 엄살을 부린 것 같았기 때문이다. 집으로 돌아온 토리는 오히려 나를 위로하기라도 하듯 무릎 위로 올라와 꾹꾹이를 해주었다. 꾹꾹이를 마치고 내려갈 때는 언제 다리를 절었냐는 듯이 거침없이 점프했다. 그날 밤 약을 먹은 토리는 더이상 절뚝거리지 않았고, 며칠 뒤부터는 다시 야생마처럼 열심히 뛰어다니기 시작했다.

다행히 이 일은 해프닝으로 마무리되었지만, 병원을 가는 일은 토리에게도 집사인 나에게도 참 무서운 일이다. 모든 집사의 바람일 테지만 앞으로는 건강검진을 제외하고는 병원에 가는 일이 없었으면 좋겠다. 더 바랄 것도 없고 토리가 부디 지금처럼 건강하기만을 바란다.

다리 다 나았다냥! 빨리 놀자냥!

벼랑 끝에서 만난 우리

내가 가장 힘들었던 시절, 제일 공감되지 않던 말이 바로 "괜찮아, 다 잘될 거야"였다. 더이상 나빠질 게 없을 정도로 이미 모든 게 엉망인데다 상황이 나아질 기미가 보이긴커녕 점점 더 꼬여만 가는데 다 잘될 거라는 말을 들으면 괜한 희망고문만 당하는 것 같아 마음이 더 침울해졌다. 종종 TV에 잘나가는 연예인이나 유명인들이 나와 과거 힘들었던 시절에 대한 이야기를 꺼내며 '누구에게나 때가 있다' '힘들었던 만큼 잘 풀리는 때도 분명히 찾아온다'와 같은 말을 할 때도 전혀 공감할 수 없었다. 속으로 그건 지금 당신이 성공했기 때문이겠지, 하고 비웃으며 비뚤어진 시선으로 바라보고 생각했다. '새옹지마' '고생 끝에 낙이 온다' '비 온 뒤 맑음'. 이런 말들은 나와는 영원히 상관없을 것 같았다.

하지만 벼랑 끝은 정말로 끝이 아닌 새로운 시작이었다. 온 우주가 나의 앞길을 막아서는 것만 같았던 때, 남아 있던 힘마저 전부 빠져버리고 이젠 될 대로 되라는 생각으로 모든 걸 내려놓았을 때, 나는 토리를 만났다. 여유를 되찾기 시작했고, 정말 나에게도 '때'라는 것이 찾아왔다. 오직 작품으로 인정받겠다는 마음으로 꿈에 부풀었던 백수 작가 지망생은 10만 명이 넘는 구독자를 보유한 유튜버가 되었고, 평소 피해다니던 길고양이를 만나 더없이 소중한 행복과 안정을 찾았다. 내가 답이라고 생각했던 길이 때로는 정답이 아닐 수 있다는 것, 사소해 우습게 여기고 지나쳤던 것들이 나의 인생을 통째로 바꿀 수도 있다는 것을 그때 처음 깨달았다.

사람은 누구나 어려움에 처하면 그 어려움에 눈이 멀어 주위에 있는 다른 가능성과 빛들을 발견하지 못한다. 다른 이들의 위로나 이야기에도 공감하지 못한다. 자신에게는 자기 아픔이 가장 고통스럽고 자기 상처가 가장 깊기 때문이다. 하지만 그 어려움의 시간을 통해 인간은 자신의 존재를 더 깊이 들여다보고 이해하게 되면서 성장하고, 세상을 넓게 보는 시각을 얻게 된다. 내 시야를 가리고 있던 것들이 깨져야만 비로소 나를 둘러싸고 있는 세상을 온전히 보고 받아들일 수 있게 되는 것이다.

인생길에는 평탄한 초원도 있고, 높은 언덕도 있으며, 아득한 벼랑도 있다. 어느 순간 어느 때에 어느 풍경을 마주하게 될지는 그 누구도 알 수 없다. 하지만 분명한 것은 오르막길만 있거나 내리막길만 있는 길은 없듯이, 고통만 있는 삶은 없고 행복만 가득한 삶도 없다. 그저 나에게 주어진 삶에서 넓은 초원을 거침없이 달리기도 하고, 높은 언덕을 힘겹게 오르기도 하며, 아찔한 벼랑 앞에 잠시 멈춰 서기도 할 뿐. 누구에게나 그런 '때'가 있는 것이다.

아무리 작은 동물이라지만 토리도 마찬가지였을 것이다. 나를 만나기 전의 길생활을 잘 알지는 못하지만 처음 토리를 만났을 때 눈 위쪽의 작은 상처가 말해주었듯 토리 또한 삶이 결코 평탄하지만은 않았을 것이다. 아무도 알아주지 않아도 토리는 토리만의 아픔과 상처의 길을 묵묵히 견디며 고된 길고양이의 삶을 살아냈을 것이다. 우리는 서로 보이지 않는 곳에서 그 시간들을 지나 이렇게 만나게 되었다. 그리고 지금은 그 어느 때보다 여유롭고 행복하게 서로의 온기를 느끼며 살아가고 있다.

앞으로 이 행복한 순간이 영원하지 않을지도 모른다. 아니, 영원하지 않을 것이다. 살아가면서 분명 우리는 또다시 새로운 언덕에, 벼랑 앞에 주저하고 멈춰 서게 될 것이다. 하지만 이제는 이렇게 말하며 금방 다시 제자리를 찾을 수 있을 것 같다.

"누구에게나 때가 있다. 그런 때가 있다."

토리=♡
행복하자. 아프지 말고♥

내 어깨 위 고양이,
토리

토리와 내가 만나게 된 사연이 종종 어느 책에 나온 이야기와 비슷하다고 하는 걸 들었다. 『내 어깨 위 고양이, 밥』이라는 책인데, 그 책을 읽어보진 못했지만 대강 살펴보니 마약중독에 빠져 길거리생활을 하던 한 노숙자가 길고양이와 만나게 되면서 인생이 180도 달라지는 이야기였다. 우리의 이야기는 그렇게까지 드라마틱한 건 아니지만 토리를 만나고 나의 일상에도 긍정적인 변화가 생긴 건 분명하다. 단조롭고 지루할 수 있는 혼자의 삶에 함께할 누군가가 생겼다는 것만으로도 의미가 크니까 말이다.

토리와 함께 지내면서 하루를 걷는 법을 배웠다. 이전의 나는 이루지 못하고 놓친 것들을 되돌아보며 아쉬워하거나 후회하고 혹은 아직 다가오지도 않은 일들을 생각하며 불안해하거나 조급해하는 일이 많았는데, 토리를 보면서 일상을 다시금 생각해 보게 되었다. 과거에 연연하거나 미래의 일로 걱정을 쌓아가기보다는 오늘 나에게 주어진 하루를 내 곁에 있는 이들과 최대한 즐겁고 행복한 시간들로 채워보는 것. 때로는 아쉬우면 아쉬운 대로 넘치면 넘치는 대로 그렇게 자연스럽게 시간에 맡겨 흘러가는 것. 이것이 내가 토리를 보며 배운 하루를 걷는 법이다.

나는 여전히 아직 완성되지 않은 나만의 길을 걷고 있지만 언젠가 내가 누군가의 꿈이자 희망이 되는 날을 기대하며 오늘도 하루를 걷고 있다. 어느 날 우연히 나를 찾아와 내가 그동안 놓치고 있던 소중한 것들을 되돌아보게 해준 내 어깨 위의 고양이 토리. (아니, 토리는 어깨가 아닌 무릎 위에 잘 올라오니 무릎 위의 고양이라고 해야 하나?) 가끔은 말썽을 부리기도 하고 나를 귀찮게 할 때도 있지만, 위태롭고 불안정했던 서로를 살린 만큼 앞으로도 서로의 소중한 것들을 내어주면서 행복하게 살아가려 한다.

뭐가 그렇게 진지하냥! 나처럼 어깨에 힘 좀 빼라냥

사랑하면 닮는다더니

토리와 함께 살면서 가장 많이 들었던 말이 둘이 닮았다는 것이다. 처음에는 그런 말을 들을 때면 그저 예의상 반려동물의 보호자로서 듣는 말인가보다 했는데 토리랑 함께 시간을 보내다보니 실제로 닮은 구석이 꽤나 많다는 것을 느꼈다.

어렸을 적에 잘 때마다 눈이 다 감기지를 않아 항상 눈을 뜨고 잤다고 부모님께 이야기를 듣곤 했었는데, 토리도 잘 때 종종 눈을 반쯤 뜨고 잔다. 그리고 어린 시절 별명이 '총알'이었을 정도로 에너지가 너무 넘쳐서 온 집 안을 뛰어다니다 현관문이 잠시 열리기라도 하면 쏜살같이 밖으로 뛰쳐나갔다고 하는데 토리는 이런 에너지마저 나를 쏙 빼닮았다.

이런 것들 외에도 자고 일어나면 아침에 얼굴이 펑퍼짐하게 붓는다든지, 평소엔 얌전하다가 화가 나면 한 성격 보여준다든지, 호불호가 확실한 것, 입맛이 까다로운 것, 고집이 센 것, 호기심이 많은 것, 하나에 꽂히면 그것만 죽어라 파는 것, 대놓고는 싫지만 은근히 관심받기를 좋아하는 것, 심지어는 자는 자세까지 정말 신기하게 닮은 점이 많다. 친한 친구들도 집에 놀러 올 때마다 토리를 보며 "자기 아빠 닮아가지고"라는 말을 습관처럼 한다.

반려동물을 키우는 다른 친구나 지인 집에 놀러 가면 강아지든 고양이든 항상 가족 구성원 중 유독 닮은 사람이 꼭 한 명씩은 있는 것 같다. 외모뿐 아니라 성격까지 비슷할 정도라면 보통은 그만큼 유대감이 깊을 확률도 높다. 함께 살다보면 사람이든 동물이든 서로를 조금씩 닮아가는 것 같다. 서로의 모습을 바라보고 감정을 나누는 시간이 조금씩 쌓이다보면 그렇게 자기도 모르는 사이에 조금씩 천천히 서로에게 물들어간다. 그것이 사랑하면 닮는다는 말에 숨겨진 의미가 아닐까.

누운 자세도 똑같은 붕어빵 부자

YouTube
점점 닮아가는 우리

나 따라 하지 마라냥!

잠꾸러기 고양이와 집사

나는 잠이 정말 많다. 작업을 주로 늦은 밤이나 새벽에 하다 보니 늦게 자고 늦게 일어나는 습관이 몸에 밴 탓도 있지만, 꼭 그 때문이 아니더라도 수면 시간이 남들보다 긴 편이다. 토리와 함께 살면서 잠이 더 많아진 것 같기도 하다.

아침에 일어나서 무언가 옆에서 느껴지는 감촉에 눈을 뜨면 토리가 내 옆에 착 붙어서 새근새근 잠들어 있다. 나는 그 모습이 귀엽고 예뻐서 조물조물 만지고 쓰다듬어줄 수밖에 없다. 그러면 또 솜사탕같이 폭신하고 부드러운 감촉에 토리와 나란히 구름 위에 누워 있는 것 같은 기분이 들어 나도 모르게 마음이 나른해지면서 더 자고 싶은 충동이 일어난다. 그렇게 스르르 눈이 감기고 결국 한 시간을 더 자버리고 마는 것이다.

고양이는 어쩜 하는 행동, 몸짓 하나하나가 몽글몽글하고 나른한지 보고 있기만 해도 마음이 편안해진다. 특히 침대에 축 늘어져서 따스한 햇살을 이불 삼아 덮고 있는 모습을 보면 나도 당장 하던 일을 멈추고 그 옆에 따라 눕고 싶어진다. 만화 〈포켓몬스터〉에 나오는 푸린이 마이크를 들고 노래를 시작하면 주변에 있는 모두가 잠들어버리는 것처럼, 토리에게서도 자장가 같은 기운이 뭉게뭉게 퍼져 나온다. 집에서 작업하다가 옆에 누워 있는 토리를 슬쩍 보면 '아, 나도 잠깐만 누웠다 할까?' 하는 유혹이 불쑥 튀어나와 결국 토리 옆에 나란히 누워버리고 만다.

고양이는 하루 평균 14~16시간을 잔다고 하는데 그런 토리와 닮아가는 건지 자꾸만 잠이 늘어간다. 이런 수면 습관 때문에 요즘은 밖으로 나가서 작업해야 하나 고민하고 있다. 계속 집 안에서만 생활하다보니 게을러지고 온전히 집중하기 힘든 것 같다. 그렇다고 갑자기 또 외출을 일상화해버리면 토리가 적응하지 못할 수 있으니 나와 토리에게 맞는 건강한 일상 패턴을 잘 찾아야 할 것 같다.

츄르 먹는 꿈 꾸는 중이니까 건들지 마라냥

졸리면 잠깐 눈 좀 붙이고 해라냥

자면서도 일광욕은 빼놓지 않는 토리

간식은 못 참아

대부분의 반려동물들이 그렇겠지만 토리 역시 간식에 진심이다. 창고에서 간식을 꺼내는 부스럭 소리만 들려도 방에서 후다닥 뛰어나와 나를 졸졸 따라다니며 당장 간식을 내놓으라고 우렁차게 졸라댄다. 나는 그런 토리를 볼 때마다 "밥을 잘 먹어야지, 간식을 그렇게 좋아하면 어떡해" 하고 핀잔을 주지만 사실 나도 별반 다를 게 없다.

나는 평소 군것질에 진심인 디저트 덕후이다. 토리가 간식을 꺼내는 소리만 듣고도 무조건반사처럼 후다닥 뛰쳐나오는 것처럼 나도 길을 가다가 좋아하는 디저트 가게를 발견하면 나도 모르게 멈춰 서서 습관적으로 들여다보곤 한다. 특히 빵이나 도넛, 그중에서도 캐러멜이 들어간 것이면 정말 말 그대로 눈이 돌아가버린다. 어렸을 때부터 군것질을 좋아하긴 했지만 제대로 습관이 되어버린 건 아마도 대학 시절 즈음일 것이다.

대학 기숙사생활을 할 때, 방 안에 있는 작은 책장 하나를 아예 간식 창고로 만들어 온갖 과자와 빵, 초콜릿 등 간식들로 가득 채우고 틈날 때마다 하나씩 꺼내 먹곤 했다. 친구들이 놀러 올 때마다 감탄하며 내 방을 미니 매점이라 부를 정도였다. 그때 군것질하는 습관이 몸에 밴 것인지 지금도 여전히 나만의 간식 창고에는 항상 다양한 간식들이 채워져 있다. 나는 밥은 굶어도 디저트는 굶지 않는다는 말에 백번 공감하는데, 그래서인지 내 일상에서 가장 큰 행복이 간식 창고에 간식을 가득 채워 넣고 그렇게 채워진 간식 창고를 흐뭇하게 바라보는 순간이다.

우리집에는 간식 창고가 두 개 있다. 하나는 내 것, 다른 하나는 토리 것. 내 간식 창고 못지않게 토리의 간식 창고에도 온갖 종류의 간식이 있는데, 대부분 친구나 지인들이 집에 올 때마다 하나씩 들고 와서 쌓인 것들이다. 다만, 내 간식 창고는 시도 때도 없이 열리는 반면에 토리의 간식 창고가 열리는 순간은 제한

적이다.

토리에게는 아무 때나 간식을 주지 않고 밥을 다 먹었을 때나 사냥놀이를 한 뒤에 조금씩 양을 정해서 주고 있다. 간식을 무분별하게 주면 사료를 잘 안 먹게 될 수도 있고, 그러다보면 건강에 문제가 생길 수 있기 때문이다. 토리 입장에서는 치사하고 불공평하겠지만 토리의 건강을 위해서 어쩔 수 없는 선택이었다. 고양이는 강아지와 달리 매일 산책을 할 수가 없기 때문에 활동성 측면에서 비만을 더 조심하고 경계해야 한다는 말을 듣고 더 신경써서 관리하고 있다.

매일 밤늦은 시간, 각종 디저트들을 늘어놓고 먹는 나를 멀뚱멀뚱 쳐다보는 토리를 볼 때마다 나는 애써 시선을 피하며 "안 돼~ 너는 아까 다 먹었잖아. 오늘은 그만이야"라고 딱 잘라 말하지만 괜히 찔리고 미안해진다. 토리는 건강을 위해 안 된다면서 나는 밤마다 건강에 안 좋은 군것질을 하는 아이러니라니. 토리를 보면서 나도 반성 좀 해야겠다.

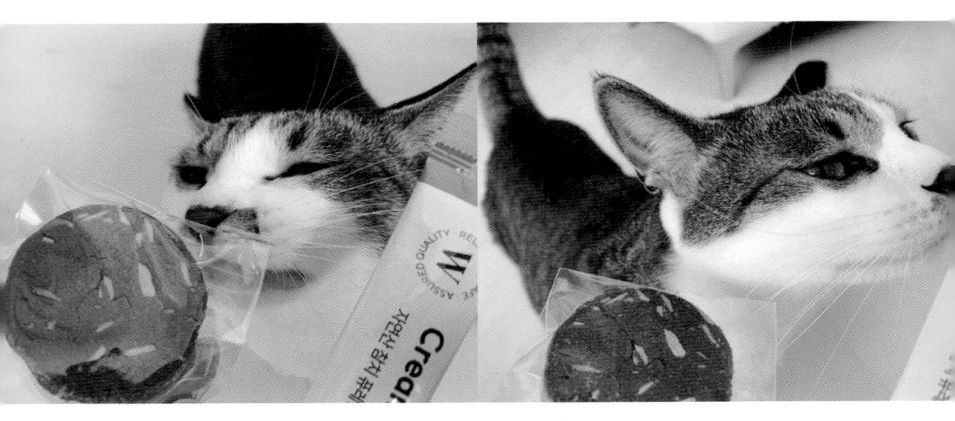

쿠키랑 츄르 중에

뭐 먹을래?

말해 뭐 해! 츄르 내놔!

입맛은 정반대

토리는 참치나 황태 같은 생선류를 무척 좋아한다. 부엌에서 참치 캔을 따는 소리가 들리거나 냉장고에서 북어 트릿 통을 꺼내 흔들면 그 즉시 번개처럼 튀어나와 당장 내놓으라고 잔소리를 한다. 토리와 반대로 나는 생선을 싫어한다. 생선은 물론 비릿한 맛과 냄새의 해산물 종류는 대부분 다 싫어한다. 평소에도 후각이 예민한데 특히 생선 특유의 비릿한 냄새는 맡기만 해도 절로 눈살이 찌푸려질 정도다. 얼마나 심했냐면, 가족들과 함께 살 때 집에서 생선을 굽기라도 한 날에는 문을 열고 들어가는 순간부터 표정이 확 일그러지면서 곧장 방 안으로 들어가 문을 닫고 냄새가 빠질 때까지 밖으로 나오지 않았다.

어린 시절 강원도에 살았을 때 생선을 너무 지겹도록 먹어서 그런 건지, 초등학교 4학년 때 급식으로 나온 생선을 먹다가 굵은 가시가 목에 걸려 고생했던 기억 때문에 트라우마가 생긴 건지 어느 순간부터 생선 냄새를 맡기만 해도 진절머리가 나는 사람이 되어버렸다. 그래서 토리 간식을 챙겨줄 때도 황태포 같은 말린 생선을 줄 때는 포장지를 뜯기 전부터 마음의 준비를 해야 한다. 숨을 크게 들이마시고 참은 뒤 얼른 포장을 뜯고 필요한 만큼만 후딱 꺼내 토리 앞에 내려놓고 나머지는 재빨리 다시 냉장고에 집어넣는다.

하루는 토리에게 맛있는 저녁을 해주겠다고 큰맘 먹고 생연어를 사 왔다. 비린내를 참아가며 열심히 구워 연어 스테이크를 만들었다. 어떻게 하면 더 맛있게 만들 수 있을까 고민하다 노릇하게 구워진 연어 위에 소스 대신 츄르를 뿌려주었다. 그런데 그게 실수였던 건지 토리는 애써 구운 연어는 입에도 대지 않고 츄르만 열심히 핥아 먹었다. 남은 연어가 아까워서 맛이라도 보자는 마음으로 한입 베어 무는 순간 정신이 번쩍 들어 뱉어냈다.

입맛만큼은 정반대인 토리와 나. 비린 찰흙 같은 츄르 맛에 왜 그리 환장하는지 이해할 수 없는 나와 마찬가지로 토리 역시 달달한 디저트에 빠져 사는 나를 이해할 수 없다는 눈으로 쳐다본다.

츄르가 얼마나 맛있는데

간식 하나만 더 주면 안 되냥?

이사의 난

토리를 만난 지 2년이 지났을 때쯤 이사를 가게 되었다. 토리와 나를 위해서 환경적인 개선과 변화가 필요한 시기이기도 했고, 마침 조건에 맞는 집을 구하게 되어서 갑작스럽게 이사 일정이 잡혔다. 이사가 예삿일이 아니라는 걸 말로만 들었지, 실제로 하나부터 열까지 직접 하려니 신경쓸 것이 많아 정말 힘들었다. 이삿짐 정리부터 청소업체, 이사업체, 인테리어업체 알아보기, 업체끼리 동선 꼬이지 않게 일정 조율하기, 인테리어 구상하기……. 뭐 하나 대충 넘어갈 수 있는 게 없어 하나하나 꼼꼼하게 거듭 확인해야만 했다. 자취를 한 지는 꽤 됐지만 가족과 함께 살던 집에서 가족이 나가고 혼자 지내고 있던 것이기에 이사부터 시작하는 제대로 된 독립은 이번이 처음이었다. 그래서 첫 단추를 더 잘 꿰고 싶은 마음에 더 신중하고 꼼꼼하게 이사 계획을 세웠다.

하지만 완벽한 계획일수록 더 틀어지기 쉽다고 했던가. 이사는 시작부터 난관에 부딪혔다. 부동산에서 전달받은 방 치수에 맞춰 드레스룸 가구를 맞춤으로 제작했는데, 실제로 가서 다시 측정해보니 치수가 달라 제작을 취소하고 일정을 다시 잡게 되었다. 문제는 일정이 뒤로 미뤄져서 이사 날짜까지 드레스룸이 완성되지 못해 옷을 전부 방에 꺼내두어야 하는 상황이 생겨버린 것이다. 이사를 며칠 앞두고는 갑자기 세탁기가 고장 나버렸다. 이사 전날에는 짐을 옮기는 걸 도와주기로 한 친구가 갑자기 급한 일이 생겨 도와주지 못하게 되었다는 연락을 받았다. 급하게 여기저기 연락한 끝에 고맙게도 다른 친구가 선뜻 시간을 내어 도와주기로 했다. 여기서 끝났으면 그래도 감지덕지였을 것이다.

이사 당일, 청소업체가 사전 연락도 없이 기존 일정보다 두 시간이나 늦게 도착했고, 그마저도 청소를 엉망으로 해놔서 결국 다음 날 업체 대표가 직접 방문하여 상태를 보고 다시 청소하게 되었다. 미리 끝났어야 할 청소가 늦어지니 뒤에 잡혀 있던 가구 배송 일정과 겹치게 되었고, 내가 그토록 피하려 했던 동선이 꼬이는 상황이 벌어졌다. 그러다 짐들과 함께 토리도 새 집으로 오게 되었는데 예상과 다르게 토리가 새로운 공간에 쉽게 적응하지 못했다. 토리는 길 출신이기도 하고 외부 환경에도 크게 두려움이 없었던 터라 새집에도 금방 적응하리라 생각했는데 내 예상이 완전히 빗나간 것이었다. 새집에 들어오자마자 소파 밑으로 숨어버리는 토리를 보고 머리가 새하얘졌다. 다행히 유튜브에서 고양이와 함께 이사할 때 준비해야 하는 것들을 미리 봐두어서 그 방법들대로 토리를 조금 안정시킬 수 있었다. 하지만 토리는 나와 함께 산 뒤 처음으로 개구호흡 증상을 보이면서 새집에 쉽게 적응할 것처럼 보이지 않았다. 결국 다음 날 안정제를 급여하고 나서야 조금씩 안정을 되찾았다.

이사를 무사히 마치고 토리도 조금씩 집에 적응하는 모습을 보고 나서야 긴장이 풀어졌다. 정말 이사 시작부터 끝날 때까지 쉬운 게 없었다. 어찌나 스트레스를 받았는지 이사를 마치자마자 토리와 함께 그대로 쓰러져 잠들었다. 얼마 후에는 몸살이 제대로 났다. 나뿐 아니라 토리도 정말 고생 많았던 이사였다. 그래도 처음이 어렵다고 신고식을 톡톡히 치렀으니 다음번 이사는 훨씬 수월하게 해낼 수 있을 것 같다. 물론 당분간은 이사할 생각이 전혀 없지만.

여기가 어디냥. 우리집 아니다냥

하루 뒤… 완벽 적응한 토리

통창이 있는 집

주거 환경이 바뀌는 걸 좋아하지 않아서 웬만하면 이사를 미루거나 피하는 편이다. 그런데 기존에 살던 집이 워낙 오래됐고, 무엇보다 햇빛이 잘 들지 않는다는 점이 힘들었다. 아침에 해가 뜰 때와 늦은 오후 잠시 볕이 들 때를 제외하면 거의 하루 종일 집 안이 어두울 정도로 채광이 좋지 않았다. 또, 바깥 풍경을 볼 수 있는 창이 작은방과 베란다에밖에 없었는데, 작은방 창문은 바로 복도를 마주 보고 있어 사실상 볼만한 풍경이 없었고, 베란다 쪽은 창이 지저분한 테이프 자국과 방풍지에 가려져 바깥이 제대로 보이질 않았다. 그러다보니 토리가 햇볕을 쬐며 일광욕을 하거나 바깥을 구경하며 무료함을 달랠 수 없었다. 나 또한 기분이 점점 처지고 침울해졌다. 계속 기운이 빠지고 성격이 어두워지는 게 느껴졌다. 이런 환경은 토리한테도 좋지 않을 것 같아서 결국 이사를 결심하게 됐다.

그래서 이사 갈 집을 보러 다닐 때 우선순위로 둔 것이 바로 채광과 큰 창문이었다. 열심히 발품을 판 끝에 토리와 나는 커다란 통창이 두 개 있는 집으로 이사하게 되었다. 햇빛이 통창을 통해 거실 한가득 쏟아지듯이 들어오는 걸 보고 고민할 필요도 없이 바로 계약한 것이다. 한여름에는 너무 덥다는 단점이 있지만, 가장 더울 때 이사 와서 여름을 지내본 결과 에어컨을 틀면 전혀 문제 될 것이 없었다. 연중 두 달 정도만 전기세를 각오하기로 마음먹은 것이다. 그 정도의 감수와 맞바꾼 채광은 대만족이었다. 채광이 좋은 집에 살게 된 후 확실히 삶의 질이 좋아졌다. 이유 없이 축 처지는 일도 거의 없어지고, 수면 패턴도 많이 개선되고, 긍정적인 에너지가 많이 생겼다. 토리도 이사 오기 전보다 활동량이 더 늘고 쉬는 모습도 전보다 더 여유로워졌다. 햇빛이 사람의 건강과 일상생활에 큰 영향을 끼친다는 사실은 알고 있었지만, 직접 경험하고 채광의 중요성을 다시금 실감했다.

그동안 누리지 못했던 채광과 창가 풍경을 다 누리고 싶은 마음에 침대도 아예 창가 바로 옆에 붙여버렸다. 덕분에 고요해진 시내와 화려한 번화가 풍경을 바라보며 잠이 들고, 은은하게 창 안으로 비춰 들어오는 햇빛을 받으며 기분 좋은 하루를 시작할 수 있게 됐다. 이사한 집은 남서향이라 해가 완전히 지기 전까지는 하루 종일 불을 켜지 않아도 온 집 안이 밝고, 오후 한시쯤부터 조금씩 햇빛이 들기 때문에 아침부터 눈이 부실 일도 없다. 무엇보다 집에서 막히지 않고 뻥 뚫린 도심 풍경과 노을을 구경하고 싶었던 나의 로망을 이뤄서 너무나 만족스럽다. 호기심 많은 토리도 창밖으로 보이는 도심 풍경을 멍하니 내려다보는 시간을 좋아한다. 바쁘게 움직이는 사람들, 길 사이를 지나다니는 오토바이와 자동차들, 밤이 되면 번쩍거리는 네온사인과 자동차 불빛. 토리에게는 그야말로 냥플릭스 그 자체다. 토리에게 이보다 더 흥미로운 영화나 드라마는 없을 것이다.

한 번씩 멍하니 창밖을 내다보는 토리를 볼 때마다 무슨 생각을 하고 있는지 궁금하다. 그런 토리 옆에서 나도 슬쩍 창밖을 내다보면 정말 다양한 장면들이 펼쳐진다. 옆 건물 옥상에서 심각한 표정으로 혼자 담배를 태우는 남자, 다정하게 팔짱을 끼고 거리를 걸어가는 연인, 술에 취해 걸음을 못 가누고 비틀거리면서도 고래고래 소리치는 취객, 그런 그를 흘겨보며 무심하게 지나치는 또다른 행인들. 그 장면들을 보며 나는 그들이 어떤 사람일지 그리고 어떤 삶을 살고 있을지 가만히 상상에 잠기곤 한다. 그러고 있다보면 정말 눈앞에서 영화나 드라마 같은 이야기가 장면처럼 떠오르니 시간 가는 줄을 모른다. 토리도 아마 그런 상상을 하며 창밖에서 재생되는 냥플릭스에 푹 빠져 있는 게 아닐까. 눈앞에서 살아 움직이는 이야기만큼 흥미로운 이야기는 또 없을 테니 말이다.

위 토리는 일광욕중 **아래** 무지개토리

산타 할아버지는 언제 오냥

소원

나에게 소원이 하나 있다면 토리와 여행을 가보는 것이다. 캠핑카를 끌고 일주일이든 한 달이든 발이 닿는 곳이면 어디든 함께 가보고 싶다. 고운 백사장 모래를 밟으며 바다를 보고, 추운 겨울 눈 덮인 산꼭대기에서 일출도 보고, 한적한 시골집 처마 아래 누워 쏟아지는 비를 감상하기도 하고, 해안가 절벽 앞에 모닥불을 피우고 나란히 앉아 수평선 아래로 가라앉는 해를 보는 상상. 가끔 그런 상상을 할 때가 있는데 실제로 그럴 수 있다면 얼마나 꿈만 같을까.

고양이는 영역동물이기 때문에 자신의 영역을 벗어나면 불안해하고 또 여러 위험에 노출될 수 있다. 그래서 강아지와는 다르게 특별한 경우가 아니라면 산책이나 외출을 하지 않는 것이 좋다고 한다. 종종 주위에서 이런 질문을 들을 때가 있다.

"토리도 외출을 하나요?"

"토리는 길고양이 출신이니까 산책을 나가도 되지 않을까요?"

토리가 외부 환경에 크게 경계심이 없을 거라는 데에는 동의한다. 하지만 토리가 집고양이가 된 지 3년이 지났고 지금은 완전히 도심 지역으로 이사를 왔기 때문에 외출했을 때 혹시라도 어떤 돌발 상황이 벌어질지 예측할 수 없어 병원을 갈 때가 아니면 따로 외출하지는 않고 있다.

토리가 길에서 살던 때와 비교하면 지금의 일상은 훨씬 단조로울 수 있겠다고 생각한다. 길에서 지낼 때는 모든 것이 호기심의 대상이고 발길 닿는 대로 어디든 자유롭게 다니면서 세상을 넓게 볼 수 있었을 것이다. (물론 그만큼 위험도 도사리고 있고 피해야 하는 적도 많아 그런 일상이 편하지만은 않았을 수도 있겠지만.) 그래서 내 딴에는 집에서의 일상이 지루하지 않도록 놀아주기도 하고 함께 시간을 보내는 등 노력하고 있다. 그럼에도 마음 한편에는 호기심 많고 에너지 넘치는 토리에게 더 넓은 세상을 보고 즐길 수 있게 해주고 싶은 마음이 여전히 남아 있다.

토리를 두고 여행이라도 간 날에는 내가 보고 느낀 아름다운 풍경들을 토리에게도 보여주고 싶다. 물론 이건 어디까지나 내 생각이고 욕심일 것이다. 만약 토리 마음의 소리를 들을 수 있다면 토리는 지금 어딜 제일 가고 싶은지 묻고 싶다. 그리고 그곳은 왜 가고 싶고, 가서 뭘 보고 싶은지도. 그곳이 어디일지는 모르지만 토리 마음속 꿈의 여행지에 함께 갈 수만 있다면 얼마나 좋을까. 그곳이 어디든 나란히 같은 풍경을 바라보고 있는 것만으로도 더 바랄 게 없을 텐데 말이다.

아빠랑 함께라면 난 어디든지 좋아

건강이 최고

혼자 사는 자취생들이 가장 서러울 때는 단연 아플 때일 것이다. 아픈 것만으로도 서러운데 걱정해주는 사람도 없고, 챙겨주는 이도 하나 없으면 마음까지 울적해진다. 나는 평소 잔병치레가 잦은 편은 아니지만 갑자기 한 번씩 찾아오는 편두통을 앓기도 하고, 일 년에 한 번은 꼭 연례행사처럼 몸살을 겪는다. 아플 때는 입맛이 없어져 하루 끼니를 통째로 거르기도 한다. 가족들과 함께 지낼 때는 아파도 잘 먹어야 낫는다며 엄마께서 꼬박꼬박 식사를 챙겨주시곤 했지만, 자취를 시작하고 나서는 챙겨줄 사람이 없으니 건강관리부터 병간호까지 오로지 내 몫이 된다.

토리를 만난 지 1년이 조금 지났을 때는 유독 아픈 날이 많았다. 급성 충수염으로 병원에 며칠간 입원한 적도 있고, 코로나19가 유행하던 시기에 확진 판정을 받고 꼼짝없이 누워만 있었던 적도 있다. 병원에 입원해 있을 때는 다행히 부모님이 올라오셔서 토리를 돌봐주셨지만, 갑작스럽게 몸살이라도 오는 날에는 하루 종일 내 옆에 붙어서 잠만 자는 토리를 지켜볼 수밖에 없어 그저 미안한 마음뿐이다. 집에 토리와 단둘이 있기 때문에 내가 아프면 토리를 돌봐줄 사람이 없어서 건강에 더 신경을 써야만 한다.

스트레스를 받거나 신경쓸 일이 많아지면 그 영향이 다 몸으로 오는 엄마를 닮은 예민한 체질 때문에 한 번씩 고생하기도 한다. 이사 때문에 한동안 스트레스를 많이 받았을 때는 이사를 무사히 마치고 한 달 정도가 지나자 아니나 다를까 몸살이 찾아오고야 말았다. 머리는 깨질 듯이 아프고 속은 울렁거리고 온몸이 떨리면서 오한까지 오고 전형적인 몸살 종합 세트였다. 몸살이 시작된 당일에는 조금도 움직일 기운이 없어서 하루 종일 누워서 잠만 잤고, 다음 날에는 억지로라도 아픈 몸을 끌고 병원에 찾아갔다. 병원에 간 이유는 사실 나 때문이라기보다는 토리 때문이었다. 내가 하루 종일 골골대며 누워 있으니 평소 에너지 넘치던 토리도 몇 번 놀자고 조르다가 내 옆에 딱 붙어서 가만히 잠을 자는데 그 모습이 안쓰러웠다. 그래서 내가 빨리 건강을 회복하지 않으면 토리를 챙길 사람이 없다는 생각에 몸을 일으키게 된 것이다. 그렇게 병원에 가서 주사도 맞고 약도 받아오고, 기운을 내서 억지로 죽을 한 숟가락이라도 떠먹게 되었다. 그리고 다행히 증세는 금방 호전되었다.

토리가 직접 병간호를 해주거나 식사를 챙겨주는 건 아니지만, 그래도 토리가 온 뒤로는 아프더라도 이전처럼 서럽거나 괜히 더 처지는 일은 없어졌다. 사람이든 동물이든 아플 때 곁에 누군가 있어주는 것만으로도 큰 위로와 힘이 되는 것 같다. 꼭 말로 표현하지 않아도 서로를 생각하고 의지하고 있다는 마음은 절로 전해지기 때문이다. 조금 부끄러운 사실이긴 하지만 토리와 함께 지내면서 토리가 아픈 모습을 본 적보다는 토리가 나의 골골대는 모습을 본 적이 훨씬 많다.

그래도 한편으로는 토리가 아프지 않아서 다행이라는 생각에 마음이 놓인다. 지금까지 토리와 함께 살면서 토리는 크게 아픈 적이 없다. 토리가 발을 삐끗해서 절뚝였을 때 병원을 간

것 말고는 아파서 병원에 간 적도 없다. 하루도 사냥놀이를 빼놓지 않고 뛰어다닐 정도로 건강하고 에너지가 넘친다. 오히려 집사인 내가 한 번씩 골골댈 때마다 토리가 옆에 착 붙어서 지켜봐준다. 그럴 때면 토리가 옆에 있어줘서 든든하고 참 다행이라는 생각이 든다. 혼자 있을 때 아픈 것만큼 서럽고 힘든 일도 없다는 것을 잘 알기 때문에 항상 서로의 존재에 감사하며 더 신경써서 챙기려 노력하고 있다.

하지만 무엇보다 가장 좋은 건 아프지 않고 건강한 것이다. 누가 뭐래도 건강이 최고다. 나이가 들수록 체력이 점점 약해지면서 이제는 챙겨야 하는 영양제 개수도 하나씩 늘어간다. 나도 토리도 늦기 전에 미리 건강을 챙겨서, 건강관리에 소홀해서 아픈 일은 없도록 해야겠다. 그런 의미에서 꼭 운동을 시작해야지!

위 집사 아프냥?
아래 얼른 일어나서 낚싯대 좀 흔들어줘라냥…

공포의 건강검진

올해도 어김없이 토리의 건강검진을 예약하고 병원에 방문하는 날이었다. 2023년 여름, 이사를 하게 되는 바람에 새로 정착할 병원을 찾아야만 했는데 이곳저곳 알아보던 중 건강검진을 옆에서 지켜볼 수 있는 병원을 발견했다. 토리는 여느 때처럼 이동장에 스스로 들어갔고 병원에 도착할 때까진 아무런 문제가 없었다. 진료실에 들어간 후에도 뭐가 그렇게 궁금한지, 토리는 이동장에서 나와 이곳저곳을 기웃거리며 얌전히 진료를 기다렸다.

본격적인 건강검진을 위해 채혈을 하려는데 시작부터 난관에 봉착했다. 주삿바늘을 꽂기 위해 간호사 선생님이 토리를 붙잡았더니 토리가 병원이 떠나가도록 우렁차게 울기 시작한 것이다. 이전에는 검진 과정을 지켜볼 수 없어서 대기실에서 기다렸는데 생각보다 금방 검사를 마치고 나와 그동안 얌전히 검사를 받은 줄로만 알았다. 그런데 눈앞의 토리는 한 번도 본 적 없는 맹수의 모습이었다. 진료실 안이 울릴 정도로 "우웨에에에엥!" 하고 포효하더니 간호사 선생님 품 안에서 벗어나려 온 힘을 다해 발버둥 치기 시작했다. 간호사와 의사 선생님 모두 토리의 엄청난 힘에 당황하시더니 보호 장갑을 착용하고 다시 채혈을 진행했다.

하지만 토리의 몸부림은 점점 더 강해졌고, 결국 검사를 잠시 중단할 수밖에 없었다. 선생님과 상의를 한 끝에 진정제를 투여하고 검사를 마저 진행하기로 결정했다. 더불어 보호자가 곁에 있으면 서로 더 불안해지고 토리의 경계심이 더 심해질 수 있으니 기본 검사가 끝날 때까지는 잠시 밖에서 대기하기로 했다. 대부분의 병원에서 검진이 끝날 때까지 보호자를 밖에서 대기시키는 이유를 그때 절실히 실감했다. 대기실에서 기다리는 동안에도 토리의 포효는 끊임없이 울려 퍼졌다. 누가 들으면 검진이 아니라 무슨 고문이라도 받는다고 착각할 정도로 서럽게 우는데 그 소리가 내 귀에는 이렇게 들렸다.

"이것들아 이거 안 놔! 그만 좀 해라!!"

잠시 후 채혈과 엑스레이 검사를 무사히 마치고 초음파 검사를 진행할 순서가 되자 다시 진료실에 들어갈 수 있었다. 안으로 들어가자 토리는 약기운에 취했는데도 잔뜩 성난 얼굴로 씩씩거리며 으르렁거렸다. 나는 처음 보는 토리의 모습이 당황스러워 걱정됐지만, 원활한 검사 진행을 위해 열심히 토리를 달래면서 의사 선생님의 설명을 들었다. 다행히 건강검진의 총평은 "아주 건강하다"였다. 모든 보호자가 다 그렇겠지만 이 말을 듣기 전까진 좀처럼 긴장을 놓을 수가 없었다. 엑스레이, 초음파 검사 결과부터 채혈 검사, 그중에서도 고양이들이 가장 조심해야 한다는 크레아틴 수치까지 모든 게 정상이었다. 평소에 활발하고 에너지 넘치는 건강한 토리의 모습을 보지만 이렇게 건강검진을 통해 직접 결과를 보고 들어야 마음이 놓인다.

한바탕 전쟁 같은 건강검진을 마치고 집으로 돌아오니 토리는 언제 그랬냐는 듯 다시 세상 순둥한 개냥이로 돌아왔다. 나는 병원에서 본 토리의 모습이 떠올라 괜히 민망해져서 "왜 그렇게 엄살이었냐?" 하고 웃으며 핀잔을 주었다. 새롭게 알게 된 토리의 모습에 당황스럽고 걱정이 많았던 날이었지만, 앞으로도 건강검진은 계속 꾸준히 받아야 하는 중요한 일이니 토리의 이런 모습까지 확실하게 알게 되어 오히려 다행이었다.

병원에만 가면 고집불통에 엄살쟁이가 되는 토리. 건강검진이 무섭고 싫겠지만 부디 건강을 위해 앞으로도 잘 참아주길 바라며 나도 그런 토리를 위해 미리미리 잘 교육해야겠다.

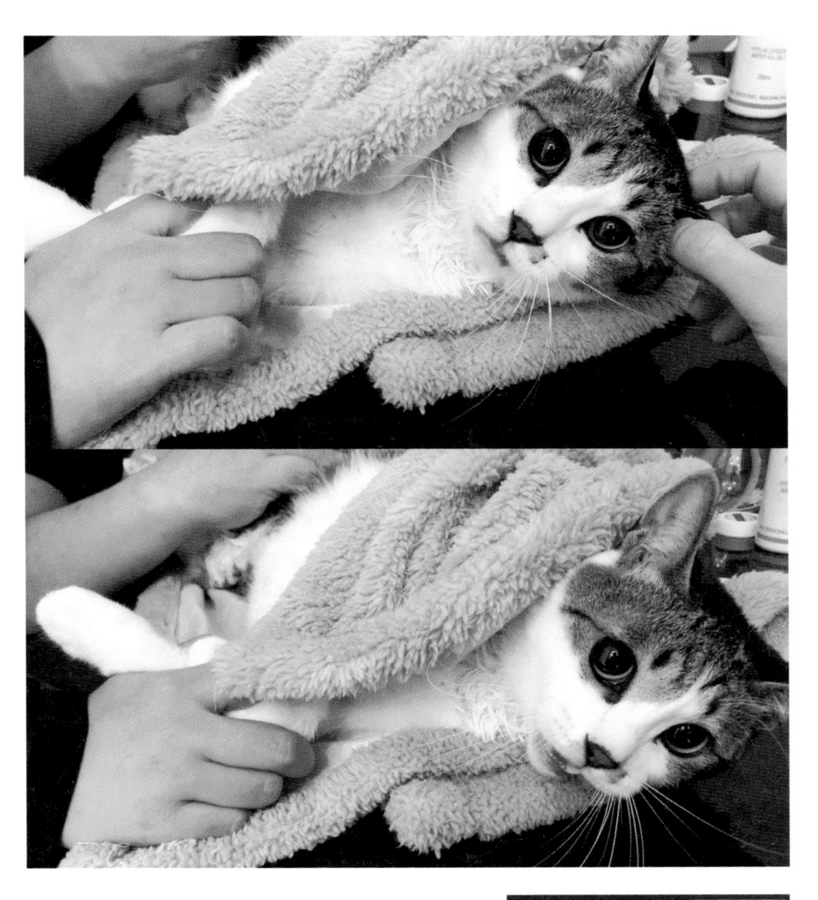

YouTube

병원 가서 성깔
다 드러난 고양이

죽음이라는 편지

유튜브 댓글이나 라이브 방송 채팅으로 종종 받는 질문이 있다. 토리가 무지개다리를 건너는 상상을 해본 적 있느냐는 것이다. 그런 질문은 실례라며 막아서는 사람도 있지만 사실 반려동물을 키우는 보호자라면 누구나 언젠가는 마주해야 할 현실이고 아픔이다. 주변에 본인이 돌보던 고양이가 무지개다리를 건넜다며 힘들어하시는 분들이 있다. 그때마다 뭐라고 위로해야 할지 감히 그 심정을 헤아릴 수 없어서 말이 잘 나오지 않고 가슴이 먹먹해진다. 반려동물은 가족이나 다름없는 존재이기에 이별하게 되었을 때 오는 상실감은 이루 말할 수 없이 클 것이다.

가만히 잠들어 있는 토리를 보면서 토리가 무지개다리를 건너면 나는 어떻게 살까 상상해볼 때가 있다. 상상 속의 나는 매번 오열하고, 토리가 없는 일상에 적응하지 못하고 있었다. 생각만 했을 뿐인데도 마음이 갑갑하고 숨이 막히는 기분이 들었다. 학창 시절에 태어난 지 얼마 안 된 새끼 고양이의 죽음을 눈앞에서 본 적이 있어서 그 죽음을 또다시 대면할 자신이 더 없는 것일 수도 있다. 반려동물과 단둘이 동거하며 지낸 것 또한 토리가 처음이라 아직은 이별의 순간을 떠올리는 걸 최대한 미루게 되는 것 같다.

죽음은 누구에게나 예고 없이 찾아오기에 허망하고 비참한 순간으로 받아들여지지만 남겨진 이들은 남은 시간을 살아가야만 한다. 죽음을 그저 비극적인 이별로만 받아들이고 그 아픔에서 헤어 나오지 못한다면 마음은 조금씩 병들게 되고, 결국 그런 죽음은 또다른 죽음을 불러올 뿐이다. 그렇기에 우리는 언제 다가올지 모르는 죽음과 마주하고 받아들일 용기를 가슴 한구석에 품고 살아가야 한다.

몇 년 전 외할아버지, 친할머니 등 나의 주변 친척과 가족이 잇달아 떠난 시기가 있었다. 당시에는 가까운 사람들의 죽음을 인정하고 받아들이는 것이 익숙하지 않았기에 한동안 감정적으로 힘들고 어려운 시간을 보냈다. 하지만 시간이 지나면서 그 죽음을 인정하고 받아들일 수 있게 되었을 때, 나는 죽음의 의미를 다시 생각하게 되었다. 죽음이란 떠나는 이들이 남겨진 이들에게 더 나은 삶을 살아가길 바라는 마음으로 남기는 편지다. 그동안 함께여서 행복했다고, 고마웠다고, 부디 후회하지도 슬퍼하지도 말고 그저 앞으로 남은 시간을 최선을 다해 행복하게 살아가라고 남기는 편지. 나는 죽음을 그런 따뜻한 시선으로 바라보고 받아들이기로 결심했다.

그렇기에 지금까지 내 곁을 떠나간 이들이 나에게 남겨준 아름다운 편지의 의미대로 나는 토리와 남은 시간을 최선을 다해 행복하게 살아갈 것이다. 그리고 언젠가 토리 또한 나의 곁을 떠나갈 시간이 다가온다면 토리가 나에게 전해줄 편지를 가슴 속에 소중히 간직하고 살아갈 것이다. 나 또한 누군가에게 아름답고 소중한 편지가 될 날을 기대하면서.

토리야, 오래오래 건강하고 행복하게 지내자

둘째 입양 계획

종종 주변에서 둘째 입양 계획은 없느냐는 질문을 받곤 한다. 그때마다 나는 고개를 저으며 아직은 생각이 없다고 대답한다.

토리 입양을 결심하게 되었을 당시, 토리를 처음 만났을 때 함께 있었던 치즈냥이도 중성화 수술을 위해 구조되었다는 소식을 들었다. 그 구조를 도우셨던 캣맘 아주머니께서 내게 둘을 함께 키워볼 의향이 있는지 물어보셨다. 나는 고양이를 키우는 것 자체가 처음이었기 때문에 토리 하나로도 벅찰 것 같다고 말씀드렸다. 다행히 나중에는 그 치즈냥이도 다른 이웃분께 입양되었지만, 만약 그때 내가 둘 다 입양하겠다고 말했다면 지금 얼마나 고생을 하고 있을지 그 장면이 눈에 너무나 선해서 아찔하다.

토리는 입양 후 아직 다른 고양이나 동물들을 마주친 적이 없어서 합사를 하게 되면 어떤 반응일지 정확하게 예측할 수는 없다. 토리의 평소 성격으로 추측해보자면 아마 둘째는 토리의 미친 에너지와 활동량에 엄청나게 시달리게 될 것이다. 조용히 쉬고 싶을 때도 틈만 나면 다가와서 놀자고 귀찮게 군다거나 장난을 걸어댈 게 뻔하다. 지금도 토리는 시도 때도 없이 '놀아줘' 버튼을 누르고, 사냥놀이를 한바탕하고 난 뒤에도 에너지가 다 풀리지 않으면 인형이나 낚싯대를 물어다가 내 앞에 가져다놓는다. 그마저도 무시하면 발목을 깨물고 도망간다. 이런 토리의 엄청난 에너지를 감당할 수 있는 고양이가 있을지도 의문이고, 있다고 해도 문제다. 토리 같은 고양이가 집에서 둘이나 뛰어다닌다고 생각하면 상상만으로도 다리에 힘이 절로 풀린다…….

내가 둘째 입양을 망설이는 데는 다른 이유도 있다. 토리는 관심받고 싶어하는 마음이나 질투심이 강해서 만약 둘째를 입양하게 되면 알게 모르게 토리의 상실감이 꽤나 클 것이다. 게다가 내가 감당해야 할 책임과 부담도 두 배가 될 텐데 그 무게를 질 자신도 없이 단순히 외동으로 지내는 고양이가 외로워 보인다고 해서 둘째를 입양하는 것은 무책임한 행동이라 생각한다. 내가 없어도 서로 의지하고 함께 시간을 보낼 수 있는 친구를 만들어준다는 핑계로 사실은 나의 죄책감을 덜어내려는 명분을 만드는 게 아닌가 하는 생각도 든다.

지금으로써는 내가 조금 힘들어도 토리와 함께 시간을 보내고 직접 교감하면서 토리가 안정감을 느끼게 해주는 게 최선인 것 같다. 토리도 그 마음을 아는 건지 나를 잘 따르고 나에게 맞춰주려는 모습이 고맙고 기특하다. 이후 언젠가 나도 지금보다 더 시간적·경제적인 여유가 생기고 토리에게도 새로운 변화가 필요해 보일 때, 기회가 된다면 그때는 둘째 입양을 신중하게 고려해볼 것 같다. 하지만 아직까지는 단둘이 보내는 시간이 행복하고 즐거우므로(토리도 그러리라 믿는다) 지금은 좀더 서로에게 집중해 시간과 애정을 쏟고 싶다.

아빠는 나한테만 집중해라냥

길 위에서 만난
나의 작은 수호천사

토리는 집에서 항상 나를 예의 주시하고 있다. 외출 준비를 할 때, 설거지를 할 때나 방에서 작업을 할 때도 어디선가 시선이 느껴져서 고개를 돌리면 토리가 나를 쳐다보고 있다. 뭐가 그리도 좋은지 내가 앉고 일어서고 하는 작은 움직임 하나 놓치지 않겠다는 듯이 내 주변을 맴돌면서 나를 지켜본다. 이런 토리의 꿀 떨어지는 시선은 아침에 눈을 뜨는 순간부터 시작된다. 바로 옆에서 느껴지는 작은 기척과 온기에 눈을 떠보면 토리는 언제나처럼 나에게 찰싹 달라붙어 있다. 내가 몸을 뒤척이거나 움직이면 토리는 눈을 뜨고 지그시 나를 바라본다. 그 사랑스러운 눈빛에 내가 "잘 잤어?" 하고 아침 인사를 건네면 능청스럽게 하품을 한 번 하고는 일어나 기지개를 쭈욱 펴고 발라당 드러누우며 애교를 선보인다.

잠이 들기 전에도 마찬가지다. 토리는 더 놀자고 열심히 떼를 쓰다가도 내가 침대에 누우면 금방 내 옆으로 올라와 침대 바깥쪽 자리를 차지하고 앉아 곁을 지킨다. 꼭 보초라도 서는 것처럼. 아무 의미가 없는 행동일 수 있다는 걸 아는데도 왠지 마음이 안정돼서 더욱 맘 편히 잠에 들곤 한다. 하루는 내가 자는 동안 토리가 옆에서 뭘 하는지 궁금해서 카메라를 설치하고 촬영해본 적이 있었는데, 토리는 밤새도록 주변을 둘러보며 내 곁을 지켰다. 그 모습이 짠하고 고맙고 든든했다.

토리는 낮잠을 자거나 잠시 앉아서 쉴 때에도 항상 얼굴만큼은 내 쪽을 향하게 둔다. 언제든지 나를 지켜볼 수 있도록 말이다. 내가 너무 귀찮게 장난을 걸 때를 제외하고는 등을 돌린 모습을 본 적이 거의 없다. 처음에는 그런 토리의 행동이 분리불안은 아닐까 염려하기도 했지만, 지금껏 불안 증세를 보인 적은 한 번도 없고 내가 외출했을 때도 홈카메라로 지켜보면 혼자 창밖을 구경하거나 놀다가 잘 자는 모습을 보고 안심하게 되었다.

한번은 토리와 내가 처음 만난 영상을 접한 누군가가 "토리는 하랑님을 지켜주려고 나타난 수호천사 같아요"하고 말한 적이 있다. 부모님도 내게 항상 "토리는 정말 하나님이 너한테 보내주신 선물이야"라고 습관처럼 말씀하시곤 한다. 나도 가끔 스스로 질문을 던질 때가 있다.

'토리가 어쩌다 나에게 오게 된 것일까?'

'왜 다른 사람도 아닌 나를 따라왔을까?'

그 물음에 꼬리를 물다보면 과거 내가 한창 힘들고 외로웠던 시절에 간절하게 기도했던 것이 떠오른다. 나와 정말 닮은 친구, 그래서 누구보다 서로 잘 맞고 서로를 의지하며 살아갈 수 있는 소울메이트 같은 존재가 곁에 있었으면 좋겠다는 기도. 토리를 만나고 내 안에 소용돌이치던 질문과 감정들이 녹아내리듯 가라앉았다. 각자의 길 위에서 방황하던 우리는 서로에게 필요한 존재로 만나게 되었고 부족한 부분을 채우며 서로를 지켜주는 존재가 되었다.

어쩌면 내 기도가 하늘에 닿은 것일지도 모르겠다. 이제는 인정할 때가 된 것 같다. 토리는 나를 지켜주려고 온 작은 수호천사라는 것을 말이다.

나는야 날개 없는 천사

토리를 만나고
달라진
어느 봄날 풍경

토리를 만나고 두번째 봄을 맞이했다. 마음속에 작은 여유가 생겨서일까. 수십 번의 봄을 지나쳐 왔지만 올해 핀 꽃이 유독 더 풍성하고 예뻐 보였다. 특별한 일이 없으면 집 밖으로 잘 나가지도 않던 내가 올해는 벌써 꽃구경을 세 번이나 다녀왔다. 눈은 마음의 창이라는 말처럼 여유를 되찾은 내 마음이 눈에 담겨 있던 부정적인 감정들을 덜어주었고, 그 덕에 나는 한결 가벼워진 시선으로 다시 계절의 변화를 아름답게 바라볼 수 있게 되었다.

인생을 살다보면 이겨내기 힘든 상처를 입기도 하고 때론 죽고 싶을 만큼 힘든 일에 치여 희망과 의욕을 잃고 좌절하기도 한다. 하지만 그 시기를 지나온 사람은 알 것이다. 죽고 싶을 만큼 힘든 시기를 버텨내고 무사히 지나올 수 있게 해준 건 엄청난 행운이나 보상이 아닌 평소와 같은 작은 일상이라는 것을 말이다. 나 또한 그랬다. 문을 잠시 열었을 뿐인데 세상에 둘도 없는 예쁜 고양이, 잠시 잊고 살았던 벚꽃 풍경 그리고 그 어느 때보다 따스한 봄이 찾아왔다.

나는 오늘도 다짐한다. 마음속 문을 완전히 닫지 말고 작은 틈을 조금씩 열어놓자고. 그 틈 사이로 작고 소중한 일상들이 언제라도 나를 찾아와 잠시 머물 수 있도록, 그리고 나 또한 바람을 쐬고 싶을 때면 언제든 넓은 세상 밖으로 나아갈 수 있도록 말이다. 토리를 만나고 맞이한 어느 두번째 봄날, 그 풍경을 보며 내가 잊고 있던 아름다운 여유를 느낀 것처럼 이 글을 읽는 이들 모두에게도 마음의 작은 틈 사이로 소중한 일상의 순간들이 따듯한 봄날처럼 조용하고 나긋하게 찾아오길 바란다.

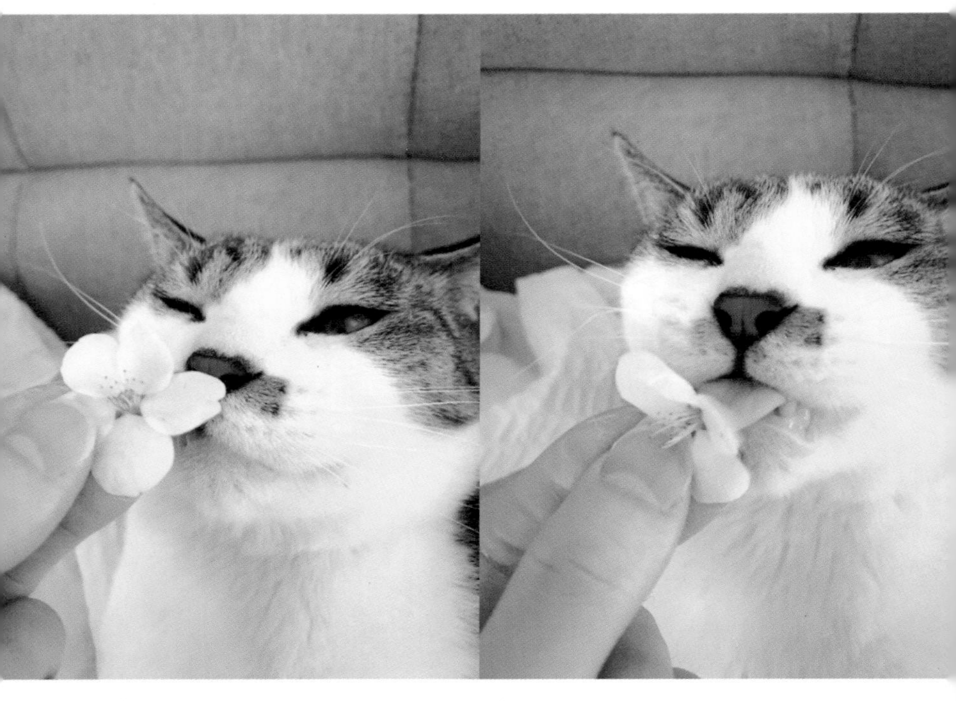

이게 뭐냥?

먹는 거냥?

벚꽃토리

길들여진다는 것

요즘따라 토리가 같이 붙어 자는 게 좋은지 내가 침대에 누울 때부터 일어날 때까지 껌딱지처럼 붙어 있는다. 방바닥이 더 따뜻할 텐데도 꼭 침대 옆자리를 고집한다. 가끔 토리를 볼 때마다 토리는 대체 나를 뭐라고 생각하는 건지 궁금할 때가 있다. 토리는 나를 엄마 고양이라고 생각하는 걸까? 아니면 친구라고 생각하는 걸까?

일면식도 없었던 첫 만남부터 지금까지 나를 한결같은 눈빛으로 지켜보면서 따르는 모습이 기특하고 신기하기만 하다. 아침에 눈을 뜰 때부터 밤에 잠들기 직전까지 항상 토리의 시선에는 내가 있다. 함께 놀고 싶어하고, 함께 자고 싶어하고, 함께 붙어 있고 싶어하고. 그 모든 '함께'에는 언제나 내가 있다.

그런데 언젠가 이런 생각을 한 적이 있다. 만약 내가 아닌 다른 누구였어도 토리는 지금과 같은 모습이었을까? 나보다 더 능력 있고 좋은 주인을 만났더라면 지금보다 더 쾌적하고 행복하게 살지 않았을까? 내 무릎 위에서 잠든 토리를 보며 그런 질문을 혼자 머릿속으로 떠올려보다가 생텍쥐페리의 동화 『어린왕자』에서 어린왕자와 여우가 나눈 대화가 생각났다. '길들인다'는 게 무슨 뜻이냐고 묻는 어린왕자의 물음에 여우는 '그건 관계를 맺는다는 뜻'이라고 대답한다. 그러면서 어쩌면 그저 스쳐 지나갈 인연도 서로에게 물들고 관계에 길들여지면 이 세상에 단 하나뿐인 특별한 인연이 될 것이라 말한다.

그 구절이 떠오르자 내가 머릿속으로 떠올렸던 질문은 이내 접어두게 되었다. 지금과 다른 선택지, 다른 결말, 다른 이야기는 생각할 필요가 없었다. 지금 우리의 모습은 우리이기 때문에 가능한 것이기에. 다른 인연을 만나면 새로운 이야기는 얼마든지 펼쳐질 수 있겠지만 우리가 만들어가는 이야기는 우리만이 할 수 있는 이 세상에 단 하나뿐인 이야기일 테니까.

우린 서로에게 하나뿐인 소중한 존재

집사와 토리의 동상이몽 3

요즘 사람들 사이에서 처음 만나면 묻게 되는 필수 질문 중 하나가 바로 MBTI 유형이다. MBTI가 항상 정확하게 들어맞는 것은 아니지만, 그래도 나는 어느 정도 신뢰하는 편이다. 사람의 성격을 16가지로 나눈 유형 지표. 사람들은 자신과 똑같은 유형의 특징을 보며 공감하고 다른 유형과의 궁합을 보기도 하면서 자신과 잘 맞을지 안 맞을지 판단하기도 한다.

토리의 MBTI

동물에게 사람의 성격 유형 지표를 적용할 수는 없겠지만, 만약 토리가 사람이라면 토리의 MBTI는 무엇일지 생각해봤다.

내향형(I)과 외향형(E)을 나누는 부분에서 토리는 고민할 필요도 없이 외향형일 것이다. 처음 보는 사람도 경계하지 않고 꼬리를 세우고 먼저 다가가 반기는 모습만 봐도 토리는 외향형 에너지를 가진 게 분명하다. 다음으로 감각형(S)과 직관형(N). 전자가 경험에 의존하며 현실적인 타입이라면, 후자는 영감에 의존하고 미래지향적인 타입이다. 쉽게 말해 감각형이 나무를 보는 사람이라고 한다면, 직관형은 숲을 보는 사람인 것이다. 토리는 눈앞에 펼쳐지는 일에 관심이 많고 경험을 바탕으로 행동하는 감각형이 분명하다.

그리고 사고형(T)과 감정형(F). 이전에는 토리가 사고형일 것이라 생각했었다. 매사 단순하고 한결같은 모습 때문이었는데 함께 지낼수록 토리가 감정형이라는 것을 느끼고 있다. 아닌 척하면서 은근히 관계에 신경을 많이 쓰고 우호적인 성향이 점점 뚜렷해져가고 있다. 마지막으로 판단형(J)과 인식형(P). 이 유형은 정말 분명하게 보인다. 토리는 항상 그때그때 상황이나 감정에 따라 행동하고 즉흥적인 성격이 인식형 그 자체이다.

종합해보자면 토리의 MBTI는 ESFP다. 이 유형에 대한 설명을 찾아보니 '대표적인 인싸'이자 '연예인 유형'이라고 한다. 여러 사람과 어울리는 것을 좋아하고 남들에게 관심받는 것을 좋아한다. 세상 단순하고 충동적이고 매사 호기심 천국이고 항상 관심을 구걸하는 프로 관종. 한마디로 관종 끼가 몸에 밴 유형. 여러 설명 중에 토리와 딱 맞는 것 같은 표현을 몇 가지 가져와봤다. 어떤 특징을 읽어봐도 토리 그 자체다.

#시끄러움

#성격_급함

#최강_오지라퍼

#자존감_높음_모든_게_내_위주

#생각_없이_잘_삼

집사의 MBTI

나의 MBTI는 INFJ다. 전 세계에 2퍼센트밖에 없는 가장 희귀한 유형이라고 한다. 이 유형은 이상주의적으로 매사 완벽을 추구하고, 본인만의 철칙이 뚜렷해 고집이 세다. 목적과 의미가 있는 일에 한해서 열정적이지만 번아웃에 취약한 유형이다. 또 어떤 대상에 대한 호기심이 많으면서도 언제나 의문을 가지고 끊임없이 의심한다. 보통 생각도 많고 의심도 많아서 혼자 있는 걸 편히 여긴다고 알려진 유형이다. 남들이 보면 인생 피곤하게 산다고 생각할 수 있지만 그러든 말든 유유히 내 갈 길 가는 거북이 불도저 같은 스타일. 호불호가 분명하고 자기 자신에게 굉장히 엄격하다.

INFJ는 복잡하고 예민하면서도 속을 알 수 없는 미스터리한 사람, '타고난 사회적 카멜레온'이라고 한다. 분명 고등학생 때까지만 해도 ENTP였는데 성격이 거의 정반대로 바뀌었다. 성인이 된 후로는 가끔씩 다시 테스트해봐도 단 한 번도 유형이 바뀐 적이 없는 걸 보면 아마 학생 때는 '학생'이라는 신분에 맞춰 적응하기 위해 ENTP 유형의 가면을 쓰고 산 게 아닌가 싶다. INFJ에 대한 키워드도 몇 가지 가져와봤다. 몇 가지 키워드만 놓고 봐도 토리와 성격이 상극이라는 것을 알 수 있다.

#쓸데없이_생각이_많음

#쓸데없는_생각도_많음

#완벽주의자

#여리지만_차가움

#프로파일러급_통찰력

토리와 집사의 궁합은?

토리와 나는 붕어빵처럼 닮았으면서도 한편으로는 다른 점도 굉장히 많다. 먼저 나는 나 외의 다른 것은 잘 믿지 않는다. 정확히 말하면 내 테두리 안에 들어와 있는 존재들만 믿고 그 바깥에 있는 모든 것을 경계한다. 생각도 많고 의심도 많아서 잘 모르는 사람이 준 음식이나 물건들은 손대지 않고 따로 모아둔다.

INFJ 유형의 사람들은 쓸데없는 걱정도 많고 상상도 많이 하기로 유명한데, 나는 집 안에 있을 때도 혹시나 누군가 나를 지켜보고 있진 않을까 카메라란 카메라는 전부 가려놓는다. 나도 모르는 사이에 언제 어디서든 나의 정보나 사생활이 다른 사람들에게 노출될 수 있다고 생각하기 때문이다. 가끔 친구들은 이런 나를 볼 때마다 너무 망상에 빠져 사는 거 아니냐고 장난처럼 이야기하기도 하지만, 실제로 어떤 일이든 항상 의심을 먼저 해보는 성격이라 신중하게 생각하고 머릿속으로 수십 번 시뮬레이션을 돌려보기도 한다. 언제 어디서 일어날지 모르는 일과 상황들을 미리 생각해서 대비하고 그 계획과 준비는 완벽할수록 좋다. 한마디로 INFJ인 나에게 오늘 하루란 내일을 위한 리허설인 것이다.

토리는 이런 나와 사고방식이 대부분 정반대다. 누구를 만나든 헬렐레

하고 처음 보면 머리부터 들이받는다. 고양이라고는 보기 힘들 정도로 낯선 사람에게 경계심이 전혀 없다. 또 혼자인 것보다는 같이 있는 걸 좋아해서 항상 놀아달라고 떼를 쓰거나 껌딱지처럼 내 옆에 붙어 있는다. 모든 게 호기심의 대상이고 계획 따윈 필요 없이 그때그때 기분 따라 행동하는 기분파에 좋고 싫은 게 표정에 다 드러나는 순정파이다. 그런 토리에게 오늘 하루란 잘 먹고 잘 놀고 잘 싸면 그걸로 장땡인 날이다.

INFJ와 ESFP의 궁합은 '파국 그 자체'라는 말이 있을 정도로 두 유형은 정반대의 성향이다. 세상 단순한 토리와 세상 복잡한 내가 함께 지내면서 처음엔 불편한 것들도 있었다. 혼자가 편하고 익숙한 나를 시도 때도 없이 귀찮게 하고 넘치는 에너지를 감당하지 못해서 우다다 뛰어다닐 때도 있고 갑자기 발동한 호기심으로 말썽을 부리기도 하는 토리. 끝까지 관심을 안 가져주면 와서 괜히 시비를 걸고 도망가거나 눈앞에서 일부러 사고를 치기도 한다. 나와는 너무 다른 토리의 모습에 적응하기까지는 조금 시간이 걸렸다. 하지만 그건 토리도 마찬가지였을 것이다. 그렇게 서로 다른 우리는 다른 모습을 조금씩 인정하고 받아들이면서 서로를 이해하게 되었다. 그러면서 처음에는 달랐던 점들이 어느새 닮게 되었다.

서로를 보며 배우고 깨달은 것도 있다. 생각이 너무 많고 복잡한 내가 토리를 보며 조금은 단순해지는 법을 배웠다. 사람에 대한 정이 많고 기대감이 큰 만큼 상처도 많이 받고 회의감도 커서 이젠 더이상 필요 이상의 시간과 감정 낭비를 하지 않는 내게 처음으로 한결같은 안정감을 느끼게 해준 존재가 바로 토리다. 토리도 나를 통해 신중해지는 법, 절제하는 법, 교감하고 사랑받는 법을 조금이나마 알게 되지 않았나 싶다. 그리고 한 번씩 엉뚱해지는 내 덕에 신기한 구경을 하기도 하고.

INFJ 유형은 말이나 행동에 숨은 의미를 그 누구보다 빠르고 정확하게 간파한다고 하는데, 그래서인지 토리가 무슨 생각을 하고 있는지 뭘 원하는지가 눈에 훤히 보인다. 아닌 척, 관심 없는 척 하면서 신경이 온통 나에게 쏠려 있는 것도, 다 알면서 일부러 고집을 부리는 모습도 나는 다 보인다. 그게 아이 같아서인지, 아니면 토리이기 때문인지 내 눈에는 마냥 귀엽고 사랑스럽다. 물론 성격은 정반대에 하는 행동도 가끔은 미운 네 살 아이처럼 얄밉고 정신없을 때가 있지만, 그렇기에 무료할 틈 없이 내 일상을 다채롭게 만들어주는 토리가 고맙기도 하다. 그런 토리와 살아가는 일상이 나에게는 가장 큰 위로이자 행복이다.

여전히 서로 닮은 듯 다른 우리는 편안하고 차분한, 때로는 다이내믹한 하루하루를 투닥투닥 즐겁게 살고 있다.

집사야, 왜 또 칭얼거려

에필로그

집사는 너로 정했다냥

어느 무더운 여름날이었다. 정오가 지날 무렵 강렬하게 내리쬐는 뜨거운 태양빛을 피해 나무 그늘 아래서 단잠을 청하려는 내 앞으로 한 인간이 불쑥 지나갔다. 깡마른 몸매에 작은 체구, 허여멀건한 피부. 딱 봐도 싸움과는 거리가 멀어 보이는 약체. 분명 인간 중에서 서열이 낮은 축에 속할 것 같았다.

그 인간은 내 옆을 바로 스쳐 가면서도 나를 못 본 건지, 못 본 척하는 건지 그대로 무시하고 지나쳤다. 보통 인간들이라면 비닐수프(*토리어 번역: 츄르)를 열심히 흔들어 보이면서 어떻게든 내 관심을 끌어보겠다고 용을 쓰는 게 정상인데. 이렇게 대놓고 무시를 당한 건 처음이라 자존심이 조금 상할 정도였다.

그런데 자세히 보니 인간의 몰골이 심상치 않았다. 초점이 사라진 눈빛은 어딘가 텅 비어 보였고, 비틀비틀 힘없이 걷는 걸음은 금방이라도 쓰러질 것처럼 위태로웠다. 인간은 꼭 뭐에 홀린 것처럼 그저 허공을 응시하며 앞으로 걸어갔다. 그리고 나는 그런 뒷모습에 이끌리듯 자리에서 일어나 인간의 뒤를 쫓기 시작했다. 특별한 이유는 없었다. 그저 궁금했을 뿐이다. '정말 나를 못 보고 지나친 걸까?' '내가 갑자기 나타나서 놀라게 하면 어떻게 반응할까?' 그런 호기심을 갖고 인간의 뒤를 밟았다.

인간은 아파트 단지 뒤로 펼쳐진 논길로 들어섰다. 낮에는 다른 인간들을 비롯해 목에 줄을 맨 성가신 개들이 요란하게 시비를 걸어대는 탓에 주로 조용한 밤에 찾아오는 산책길이었다. 하지만 오늘은 뜨거운 여름 열기 탓인지 한낮인데도 이 길을 걷는 건 그 인간과 나뿐이었다. 인간은 뙤약볕의 논길 위를 한참을 아무 말 없이 걸었고, 걷는 동안 한 번을 돌아보질 않았다. 나만 인간의 뒷모습을 바라볼 뿐이었다. 그 모습을 가만히 보고 있자니, 정처 없이 그저 발길 닿는 대로 휘청휘청 걷는 모습이 나와 닮았다는 생각이 들었다. 그때 나는 이상한 확신이 들었다. 이 인간과 나는 분명 둘도 없는 친구가 될 거라고.

한참을 말없이 걷던 인간이 걸음을 멈춘 곳은 어느 공원의 벤치 앞이었다. 나는 조금 거리를 두고 떨어져 그 모습을 지켜봤다. 잠시 그 자리에 못 박힌 듯 서서 맞은편 호숫가를 멍하니 바라보던 인간은 벤치에 털썩 주저앉더니 무릎을 가슴 앞으로 끌어당기고 그 위에 얼굴을 가만히 파묻었다. 그러고 있기를 십여 분째. 인간은 고개를 슬며시 들더니 다시 초점 없는 눈으로 허공을 응시했다. 무슨 사연이 있는 게 분명했다.

'먹이 사냥에 실패했나?'

'영역싸움에서 밀려났나?'

'하긴 싸움은 지지리도 못하게 생기긴 했지…….'

그런 생각을 하던 찰나, 갑자기 인간이 목 놓아 울기 시작했다. 그 소리에 화들짝 놀라 나도 모르게 고개를 쳐들었다. 인간들의 울음소리를 많이 들어본 건 아니지만 어딘가 잔뜩 슬퍼 보이는 울음소리였다.

'대체 무슨 일이길래 저렇게 서럽게 울까?'

인간이 점점 더 궁금해졌다. 무슨 사연이 있는 건지. 왜 저렇게 애달픈 모습을 하고 있는 건지. 그리고 한편으론 인간의 웃는 모습이 궁금하기도 했다. 그 순간, 지금까지 한 번도 생각해 본 적 없는 궁금증이 처음으로 생겼다.

'인간 집사를 둔다는 건 어떤 기분일까?'

종종 길생활을 같이하는 동료들에게서 인간 집사를 만나 떠났다는 고양이들의 소식을 접했다. 거리에서 투병생활을 하며 눈도 제대로 못 뜨던 삼색이가 인간 가족을 만나 치료받고 건강하게 살고 있다는 이야기, 가장 낮은 서열로 밀려 먹이도 제대로 구하지 못하던 외톨이 치즈냥이가 인간에게 입양되더니 일순간 스타로 떠올라 이제는 비닐 수프를 산처럼 쌓아두고 먹는다는 이야기 등. 말 그대로 제대로 묘생역전한 케이스들이 이따금씩 소문으로 들려왔다.

하지만 그건 어디까지나 소문일 뿐. 나는 그 반대의 경우를 훨씬 더 많이 봐왔기에 그런 꿈같은 집사 간택 이야기가 나올 때마다 바보 같은 소리라며 부정해왔다. 이상한 소문만 믿고 자신도 집사를 찾아 나서겠다며 함부로 인간 집사를 간택했다가 만신창이가 되어 세상을 뜬 녀석들만 해도 한둘이 아니었고, 당장 주변만 둘러봐도 우리를 동네에서 내쫓지 못해 안달 난 인간들이 그렇지 않은 인간들보다 훨씬 더 많았다. 그래서 나는 그렇게 바보같이 목숨을 건 모험을 할 바에야 조금은 고단해도 언제든지 내 발길이 닿는 대로 떠날 수 있는 자유로운 삶을 선택하겠노라고 언제나 당당하게 말하고 다녔다.

그랬는데…… 분명 그랬는데, 작은 인간이 내 생각을 완전히 뒤집어놓았다. 왜일까, 뭐 때문일까. 여태 한 번도 본 적 없는, 처음 마주친 인간인데. 그것도 제 먹이 사냥 하나 제대로 하지 못할 것 같은 비실비실 별 볼 일 없어 보이는 인간한테 나는 왜 이토록 호기심이 생겼던 걸까. 자꾸만 궁금해지는 이유가 뭐였을까. 인간의 뒤를 쫓기 시작하면서 생겨났던 이상한 확신은 어느 순간 내 마음에 결심으로 자리를 잡고 앉았다.

'저 인간을 내 집사로 만들고 말겠어!'

그날 이후 나는 아파트 단지를 맴돌면서 인간의 뒤를 쫓아다니며 말로만 들었던 '간택 작전'에 돌입했다. 며칠간 지켜본 결과 인간은 사냥도 하지 않는지 매일 같은 시각 같은 차림으로 단지 앞을 드나드는 다른 인간들과는 달리 쉽게 밖으로 모습을 드러내지 않았다. 이따금씩 집 근처로 잠시 먹이 사냥을 다녀올 뿐이었다. 그 시간은 대낮일 때도, 한밤중일 때도 있었는데 예측할 수 없을 만큼 불규칙적이었다.

인간은 작은 소리에도 깜짝깜짝 놀랄 만큼 겁이 많고 경계심이 많아서 간택 작전은 신중하고 치밀하게 계획해야만 했다. 나는 나름 간택의 경험이 있다는 동네 고양이에게 조언까지 구해 인간들이 가장 약하다는 '애교'라는 것도 열심히 연습했다. 인간은 그 흔한 비닐 수프나 캔 통조림 한번 꺼내 보인 적 없는데다 내가 근처에서 대놓고 지켜봐도 전혀 눈치를 못 채는 걸로 보아, 어쩌면 우리 종족 자체에 별 관심이 없을지도 몰랐다. 그렇기에 내가 인간 앞에 나타나는 순간만큼은 확실하게 그의 마음을 사로잡을 수 있어야 했다. 그렇지 않으면 다음은 없을지도 모르기 때문에.

그로부터 두 달 정도가 흘렀을까. 그동안 인상이 순해 보이는 인간들 상대로 몇 번의 모의 간택까지 성공적으로 마친 나는 이제 인간들이 절대 그냥 지나칠 수 없는 '필살 애교'까지 완벽하게 마스터했다. 이제 내 집사가 되어줄 그가 눈앞에 나타나주기만 하면 됐다.

무더운 여름이 지나가고 바람이 제법 선선해지기 시작한 어느 가을밤. 길생활을 같이하면서 친해진 치즈 녀석과 무료 급식소에서 두둑하게 챙겨준 밥을 먹고 보도 위에서 장난을 치며 놀고 있는데 갑자기 아파트 단지 뒤쪽 산책길에서 그가 예고 없이 모습을 드러냈다. 볼 때마다 거의 혼자였던 그의 옆에는 다른 인간 둘이 더 있었다. 그동안 머릿속으로 그려왔던 그와 단둘이 있는 장면이 아니어서 조금 당황스러웠지만 그런 걸 따질 때가 아니었다.

가을바람이 기분 좋게 솔솔 부는 밤, 그의 얼굴에는 가벼운 미소가 번져 있었고 우리 사이를 비추는 가로등 불빛은 마치 무대의 시작을 알리듯 은은하게 반짝거렸다. 그 순간, 그의 시선이 내 쪽을 향했다.

완벽한 타이밍!

나는 그 순간을 놓치지 않고 그의 앞에서 그동안 수없이 연습했던 '애교'의 첫 단계를 선보이며 바닥에 그대로 드러누웠다. 발라당!

"너, 내 집사가 돼라냥!"

구독자 QnA

Q1 토리는 얼마나 놀아주면 만족하나요?

토리는 놀 때만큼은 만족을 모르는 것 같아요. 최대 두 시간까지 놀아줘본 적이 있는데 열심히 뛰다가 지쳐서 쓰러졌다가도, 좀만 쉬고 나면 또 금방 쌩쌩해져서 뛰어다니더라고요. 언제나 먼저 지치는 건 저라는 거……. 하루 종일 놀아줄 체력이 있다면 저도 궁금하네요. 대체 얼마나 놀아주면 만족할지!

Q2 토리는 1년에 몇 번 목욕하나요?

토리는 상반기에 한 번, 하반기에 한 번 이렇게 1년에 두 번 정도 목욕해요. 목욕에 거부감이 있거나 몸부림이 심한 편이 아니어서 수월하게 하는 편이에요.

Q3 복 받아 길생활 청산한 토리, 삶에 지쳐 있던 하랑님. 둘이 함께라서 지금 행복한 일상을 보낼 수 있는 것 같습니다. 어떨 때 토리를 아들로 들이길 잘했다고 느끼시는지 궁금합니다.

힘든 일이 있거나 정신적으로 지쳤을 때 옆에 토리가 있다는 사실이 위로가 되는 것 같아요. 워낙 혼자 참고 삭이는 성격이다보니 토리를 만나기 전에는 전부 혼자 감당하고 억누를 때가 많았는데, 토리와 함께 살면서 항상 나를 반겨주는 내 편이 있다는 사실이 마음에 큰 위로가 돼요. 속상한 일이 있으면 토리한테 하소연하듯이 털어놓을 때도 종종 있어요. 그럴 때마다 쫄래쫄래 다가와서 옆에 붙어 있어주는 토리의 존재만으로도 힘이 나요.

Q4 토리의 모든 게 다 사랑스럽겠지만 특히 어떨 때 더 사랑스러우신지요?

정말 많지만 그중에서 딱 세 가지 정도만 꼽아보라면, 아침에 눈뜨니 바로 옆에서 사람처럼 누워서 자고 있을 때, 다른 공간에 있다가 제가 부르면 대답하면서 쫄랑쫄랑 다가올 때, 외출했다가 집에 들어오면 현관으로 마중 나와서 데굴데굴 구르면서 반겨줄 때입니다.

Q5 에세이를 써야겠다고 다짐하시게 된 계기가 있을까요?

작가 지망생이기도 하고 평소 글 쓰는 걸 좋아해서 기회가 된다면 토리를 만나고 함께 살아가는 이야기를 써보고 싶었어요. 작년부터 개인 작품 원고를 쓰느라 에세이는 계획을 좀 미루고 있었는데, 너무 감사하게도 싱긋 출판사 대표님께서 직접 연락을 주시고 이렇게 연이 닿아 책을 내게 되었어요. 원래는 개인 작품을 먼저 내고 에세이를 써볼 계획이었는데 어쩌다보니 순서가 뒤바뀌게 되었네요.

Q6 만약 토리를 만나지 않았다면 삶이 지금과 많이 달라졌을까요?

라이브 방송이나 댓글에서 종종 받았던 질문인데요, 아무래도 지금보다는 여유가 없었을 것 같아요. 평생 혼자가 익숙했던 사람이라 감정을 삭이고 참고 억누르는 일이 많았는데 토리와 함께 살게 된 이후로는 말동무가 생겨서 그런지 감정을 더 솔직하게 표현하면서 마음의 여유가 생겼어요. 토리를 만나고 나서 제 주변 사람들이 저보고 표정이 달라졌다고, 많이 밝아졌다고 얘기해줬어요. 함께 감정을 나누고 교감하는 존재가 곁에 있다는 게 얼마나 중요한지 깨달았죠.

Q7 토리를 키우기 전과 후, 가장 큰 변화가 무엇인가요?

안정감인 것 같아요. 위 질문의 답이랑 비슷한 이야기 같긴 한데, 토리를 만나기 전에는 마음이 안정적이지 않았어요. 이전에는 미래에 대한 불안, 걱정뿐 아니라 외로움 같은 감정들이 마음 한구석에 계속 자리 잡고 있는 것 같았다면, 토리가 곁에 있어주면서 이런 부정적인 감정의 잔해들이 많이 사라졌어요. 물론 지금도 여전히 여러 고민과 걱정이 있지만, 제 옆에서 아무 걱정 없이 편히 누워 있는 토리를 보면서 마음의 짐을 덜기도 해요. 토리의 애교에 하루 동안 쌓인 피로가 녹아내리기도 하고요. 토리 덕분에 어려움에도 나 자신을 지켜낼 수 있는 안정감이 무엇인지를 알게 된 것 같아요.

Q8 만약 나중에 토리가 무지개다리를 건너면 그 후에 또 반려동물(고양이가 아니더라도)을 키울 생각이 있으신가요? 그리고 그렇게 생각하신 이유가 뭔가요?

이것도 많이 해주시는 질문 중 하나예요. 한 번씩 상상해본 적이 있어요. 토리가 무지개다리를 건너면 나는 어떨까, 과연 이후의 시간을 견뎌낼 수 있을까, 하고 생각해봤는데 상상만 해도 몸이 떨리고 너무 힘들 것 같더라고요.

아마도 한동안은 감정이 정리될 때까지 시간이 필요하지 않을까요? 마음이 너무 힘들다고 다른 존재를 곁에 두고 위로를 얻으려 반려동물을 입양할 생각은 없어요.
토리를 떠나보낸 후에 마음이 완전히 회복되고 또 어떤 연이 닿아서 다른 반려동물을 키울 기회가 생기면 그때는 고민해보겠지만 제가 먼저 직접 나서서 반려동물을 다시 키우려고 할지는 의문이에요. 그보다 토리 생전에 다른 반려동물 가족을 만들어주고 싶다는 생각은 해봤어요. 제가 원래 강아지를 좋아해서 나중에 넓은 집에서 살게 되면 리트리버를 꼭 키우고 싶었거든요. 만약 그런 여유가 되고 조건이 갖춰지면 토리가 허락해주는 환경 안에서 강아지 동생을 만들어주면 어떨까 생각하고 있어요. 토리가 워낙 에너지가 넘치니 오히려 강아지랑 더 잘 맞을 수도 있겠다는 생각이 들기도 하고요.

Q9 하랑님이 이루고 싶은 목표는 무엇인가요?

오래전부터 이루고 싶은 꿈이 있었는데 바로 소설가가 되는 거예요. 대학 시절 광고홍보학을 전공하면서 한때 카피라이터를 꿈꾸기도 했지만, 나만의 이야기를 창작하고 그 이야기를 통해서 사람들에게 감동을 주고 싶다는 생각이 들더라고요. 그래서 과감히 대학도 중퇴하고 20대 초반부터 지금까지 소설가라는 꿈을 품고 열심히 작품을 준비하고 있어요. 물론 글을 쓰는 일을 업으로 삼는다는 게 결코 쉽지 않은 길이기에 실패도 많이 하고 좌절도 하면서 힘든 시기를 지나왔어요. 그런데 아직까지도 포기하지 못하고 계속 도전하고 있는 걸 보면 그만큼 제가 글과 이야기에 진심이라는 생각이 들어요.

토리 덕분에 이렇게 에세이도 써보고 작가 데뷔 경험을 미리 해보게 돼서 너무 기쁘지만, 제 진짜 목표는 현재 집필 중인 작품으로 데뷔하고 작가로서 공식 인정을 받는 거예요. 그 날이 언제 올지는 모르겠어요. 오래전부터 기획했던 힐링 모험 판타지 소설을 열심히 쓰고 있는데 머지않아 독립출판을 통해 공개하게 될 것 같아요. 꿈을 향해 천천히 나아가고 있으니 많은 관심 부탁드려요.

토리는 오늘도 놀고 싶어

에너자이저 고양이와
집돌이 집사가 함께 사는 법

초판 1쇄 인쇄 2024년 11월 1일
초판 1쇄 발행 2024년 11월 11일

지은이 닥터하랑

편집 정소리 이원주 | 디자인 신선아 | 마케팅 김선진 김다정
브랜딩 함유지 함근아 박민재 김희숙 이송이 박다솔 조다현 배진성
저작권 박지영 형소진 최은진 오서영
제작 강신은 김동욱 이순호 | 제작처 한영문화사

펴낸곳 ㈜교유당 | 펴낸이 신정민
출판등록 2019년 5월 24일 제406-2019-000052호

주소 10881 경기도 파주시 회동길 210
전화 031.955.8891(마케팅) | 031.955.2692(편집) | 031.955.8855(팩스)
전자우편 gyoyudang@munhak.com

인스타그램 @thinkgoods | 트위터 @think_paper | 페이스북 @thinkgoods

ISBN 979-11-93710-73-9 03810